SV

Michael Krüger
Das falsche Haus

Eine Novelle

Suhrkamp

Erste Auflage 2002

Druck: Clausen & Bosse, Leck
Printed in Germany

1 2 3 4 5 6 – 07 06 05 04 03 02

Das falsche Haus

»Ich könnte einfach die Geschichte
meiner Nachbarn schreiben;
das wäre ein Lebenswerk.«
Rainer Maria Rilke, Die Aufzeichnungen
des Malte Laurids Brigge

I

Meine Zeitung, eines der führenden Blätter in Süddeutschland (»im süddeutschen Raum«), hatte mich nach Hamburg geschickt, um einen Bericht über den Kongreß des Verbandes der Bibliothekare Deutschlands zu schreiben. In den vergangenen Jahren wurde nie über die regelmäßig stattfindenden Kongresse der Bibliothekare berichtet, weil man der Ansicht war, daß sich zu wenige Leser unserer Zeitung für die Nöte und Perspektiven der Bibliothekare interessierten, aber diesmal hatte unsere Redaktion ein »persönliches« Schreiben des Präsidenten dieses Verbandes erreicht, in dem dieser nachdrücklich um die Entsendung eines Berichterstatters bat, da auf der Jahresversammlung Dinge zur Sprache kommen würden, die, so wörtlich, »die kulturelle Basis unserer Gesellschaft« beträfen. Der pathetische, beunruhigende, wohl auch unangenehm drängende Ton des Briefes hatte den Chefredakteur dazu bewogen, dem Feuilleton einen umfangreichen Artikel zur Frage der Ablösung des Buches als Gegenstand des Leihverkehrs nahezulegen, denn das war es ja offenbar, was die Bibliothekare umtrieb. Nun darf man nicht annehmen, daß unser Chefredakteur ein inniges Verhältnis zu Büchern gehabt hätte, im Gegenteil, er gehörte zu der Fraktion innerhalb der Redaktion, die gut und gerne auf Bücher verzichtete. Bücher gehörten seiner Ansicht nach nicht mehr zu den Dingen, die uns unbedingt »beträfen«, unbedingt »angingen«. Er selbst pflegte sein Unverständnis gegenüber allem, was er selbst nicht war, und verzichtete jedenfalls fast vollständig auf die Lektüre von Büchern, weil er alles Schriftliche, wie er meinte, was er zum Leben brauche, aus dem Computer ziehen könne. Man war sich bei ihm nie ganz sicher, ob er auf den Inhalt der Bücher verzichten zu können meinte oder auf die Bücher an sich, die »Staubfänger«. Manchmal, in den allerschwärzesten Stunden des Feuilletons, redete er so wegwerfend über die Anstrengungen der an den komplexen gesellschaftlichen Manifestationen des Geistes interessierten Redakteure, daß diese vollkommen erschöpft und in Angst und Sorge um ihre Existenz in ihre Arbeitskabinen zurückschlichen, ihre elektronischen Geräte herunterluden und in unstillbarer Trauer so lange untätig verharrten, bis der schiere Zeitdruck sie aus ihrer Erstarrung erlöste. Wenn Macht die Fähigkeit ist, auf Wirklichkeit zu reagieren, dann hatten auch die Kulturredakteure ein wenig Macht, und also schrieben sie ihre Artikel zu Ende, damit sie am nächsten Tage wenigstens erscheinen konnten.

Kurzum, auf einer der Sitzungen wurde dem Feuilleton aufgetragen, dem erwähnten Problem anläßlich des Bibliothekskongresses Platz einzuräumen, wobei eben nicht ganz klar wurde, ob man sich oben eine Parteinahme für das alte Buch (»Die Sinnlichkeit von Bibliotheken«) oder seine Auslöschung und Ersetzung durch andere Medien vorstellte. Der Bibliothekar als Datenbanker, unter diesem Motto sollte der Text stehen. Warum man ausgerechnet auf mich verfiel, um dieses vielleicht nicht in jedem Aspekt die Allgemeinheit bewegende, aber doch immerhin schon einmal sichtbare

Problem eines kulturellen Verlusts in großer Aufmachung behandeln zu lassen, war nicht herauszufinden, da ich, zwar nicht aus Neigung, inzwischen aber mit Umsicht, die Rubrik »Das politische Buch« verwaltete, eine auf den ersten Blick nicht gerade besonders attraktive Seite, die in der Regel alle vierzehn Tage erschien und nur von einer verschwindend kleinen Minorität der Abonnenten wahrgenommen wurde. Die tausend Leser allerdings, die mir die Treue hielten, gehörten laut unseren Umfragen zu den starken Lesern, was sich auch darin zeigte, daß sie überproportional die Leserbriefseite benutzten, um ihre in aller Regel konträre Meinung zu äußern, die mit der Generallinie des Blattes (»kritisch-liberal«) häufig genug kollidierte. Sie müssen Ihre Seite in den Prozentbereich bringen, hatte der Kulturchef mir geraten, dann sind Sie gerettet und können mit einer festen Stelle rechnen, aber ich hatte den genau entgegengesetzten Ehrgeiz, sie nicht über die Schwelle des allgemeinen Interesses zu heben. Dem allgemeinen Interesse wurde eine übertriebene Bedeutung beigemessen, die mir vulgär erschien. So wurden auf meiner von den in diesen Jahren beängstigend wuchernden Todesanzeigen bedrängten Seite (eine Zunahme von 20 %) in der Hauptsache Bücher vorgestellt, die, sollte das staatliche Subventionssystem einmal nicht mehr »greifen«, wie der Fachausdruck hieß, kaum noch eine Chance hatten, sich dem Leser anzubieten, also Kongreßberichte und Dokumentationen über das politische Leben, Hohelieder der Gelehrsamkeit oder auch nur des Fleißes. Andererseits – und darin wußte ich mich mit der Chefredaktion in einem Boot – waren es gerade diese abseitigen, glanzlosen und häufig besonders sorgfältig redigierten

Bände, die trotz ihrer Schmucklosigkeit oft Bahnbrechenderes enthielten als jene Fülle von bedrucktem Papier, die der Mehrzahl unserer Leser bedeutsam erschien. Wahrscheinlich gab mein aussichtsloser Kampf für das Randständige – und nichts war ja randständiger als das Politische, wenn es in Druck erschien, oft jahrelang nach den Ereignissen – den Ausschlag dafür, daß ich nach Hamburg geschickt wurde, um die Klagen der Bibliothekare zu protokollieren.

Der Versammlungsort der Bibliothekare war ein sogenanntes Congress-Centrum, das wie alle sogenannten modernen Centren aus pädagogischen Gründen an der Peripherie lag, damit die Teilnehmer nicht durch die Ablenkungen der Stadt in Versuchung geführt wurden, die Vorträge über das leibliche Verschwinden des Buches und seine Ersetzung durch den Bildschirm zu schwänzen. Ich selbst saß am Eröffnungstag natürlich in allen erreichbaren Vorträgen und Workshops der verschiedenen Sektionen, um mir ein annähernd umfassendes Bild über die dramatischen Veränderungen eines altehrwürdigen Berufsstandes zu machen, auch wenn viele der Beiträge trotz ihrer pathetischen Rhetorik mich nicht wirklich erreichten. Wenn eine Revolution erst einmal in Worte gefaßt werden muß, ist schon viel von ihrer elementaren Energie verloren, noch dazu, wenn es sich um einen Vorgang handelt, der etwas so Handfestes wie ein Buch in flimmernde Zeichen verwandelt. Den Exzessen der Buchaustreibung folgten nun die verbalen Delirien. Da der Computer, wie sich herausgestellt hatte, nicht so einfach zu bedienen ist wie ein Buch, gleichzeitig aber ein wesentlich größeres Funktionspotential besitzt, muß die Digitale Edition als benutzerorientiertes Medium verstanden werden, behauptete Sören Speer (Heidelberg). Die Sache war, das machten alle Beiträge mit einem unterschwelligen Gefühl für das Komische deutlich, längst gelaufen, es kam nur noch darauf an, die tiefe Kränkung der Kultur zu besänftigen. Ich war also nur zu bereit, nach dem Abschalten der zu Demonstrationszwecken aufgebauten Computer das Centrum auf schnellstem Wege zu verlassen, auch um der Gefahr zu entgehen, von den zahlreichen Kollegen anderer Zeitungen überredet zu werden, den geselligen Abend zu besuchen, der am selben Ort stattfinden würde. Ich habe nichts gegen gesellige Abende, aber die Vorstellung, diesen ersten meiner drei Abende in Hamburg mit den neuen Managern von Information und Wissen verbringen zu müssen, von denen keiner mir persönlich bekannt war, erfüllte mich mit Unbehagen. Es war ja auch nicht ausgeschlossen, daß der Vorstand der deutschen Bibliothekare mich aufgrund der Reputation meiner Zeitung an seinen Tisch bitten würde, an den »Ehrentisch«, was unter den geselligen Vorzeichen des Abends dazu führen könnte, daß ich von der Gattin des Vorstands zu einem Tanz aufgefordert werden würde. Das wollte ich unter allen Umständen vermeiden. Schon der Anblick der Combo – drei Herren und eine Dame in glitzernden Kostümen –, die bereits am Nachmittag ihre farbenreichen Instrumente aufgebaut hatte, hatte meinen Entschluß bekräftigt, das Centrum nach dem letzten Vortrag unverzüglich zu verlassen. In der Perspektive der beabsichtigten Flucht war meine Wahl auf einen Sitzplatz gleich neben einer der Türen gefallen, die auf einen Flur ging, der seinerseits nach wenigen Metern ins Freie führte. Am Ende des Vortrags (»Der Friede mit der Digitalisierung ist noch lange nicht gewonnen«) mußte ich nur noch mit einem beherzten Griff den Kopf einer neben mir eingeschlafenen Diplom-Bibliothekarin (Hertha Dichgans – so die Angaben auf dem weißen Namensschild, das wir alle zu Beginn des Kongresses mit den Unterlagen erhalten hatten) von meiner Schulter auf die des neben ihr sitzenden Herrn legen, und schon war ich mit drei Schritten an der frischen Luft.

Ich ging in eine Richtung, von der ich hoffte, daß sie ins wirkliche Zentrum führen würde. Nichts ist besser geeignet, schlechte Theateraufführungen oder langweilige Vorträge »abzulaufen«, als weitausholende Schritte, die keine Rücksichten nehmen müssen auf Mitläufer. Ich gehe lieber alleine, hatte ich schon zu meinen Eltern gesagt, wenn sie mich zu einem »Sonntagsspaziergang« aufforderten. Es war noch hell, und die Gärten in diesem Vorort standen in voller Blüte. Manchmal blieb ich stehen, um die Büsche und Blumen zu betrachten, und spürte ein Gefühl der Dankbarkeit für diese Fülle. Ich wollte zunächst ein Café aufsuchen, um meine Müdigkeit zu vertreiben, später ein Restaurant, um in Ruhe meine Notizen auf die Reihe zu bringen, und schließlich freute ich mich auf mein Zimmer in einem kleinen Hotel hinter dem Schauspielhaus, wo eine sechsbändige, in grünes Leinen gebundene Ausgabe von Johann Georg Hamanns Schriften auf mich wartete, die ich bei meiner Ankunft am vergangenen Abend in einem Antiquariat gesehen und am Morgen vor Kongreßbeginn bereits erworben hatte. Jedes Volk hat seine philosophischen Götter nach seinem Sinn geschaffen, und daß Hamanns geniales Denkgebäude nicht dazugehörte, nie dazugehört hat, spricht gegen das Volk.

Ich bemerkte bald, daß ich keineswegs auf das Zentrum zulief, sondern mich in den Vororten verirrt hatte. Distelfinken, Rotkehlchen und Drosseln, dazwischen mit ekligem Gezeter Elstern, die langschwänzig auf der Straße hockten. Schon mehrere Male war ich in der Zeitung mit dem Vorschlag abgeblitzt, einen Artikel gegen die Elster zu schreiben, die mehr noch als der Mensch für die Ausrottung kleinerer Vogelarten verantwortlich war. Ich wollte mit der wahren Geschichte eines Göttinger Germanisten beginnen, dem es nicht vergönnt war, seine seit Jahren angekündigte Monographie über Achim von Arnim zu einem guten Ende zu bringen, weil er ununterbrochen mit einem eigens zu diesem Zweck gekauften Luftgewehr in den Garten stürzen mußte, um die Elstern zu vertreiben, die Gefallen an diesem Lärm fanden und in ständig wachsender Zahl seinen Garten heimsuchten. Aber selbst dieses drastische Beispiel beispielloser Wissenschaftsvernichtung – immerhin waren etliche Gelder der Deutschen Forschungsgemeinschaft in dieses Armin-Projekt geflossen – konnte unseren Chefredakteur nicht umstimmen. Wer etwas gegen Vögel schreibt, so seine barsche Abfuhr, senkt mutwillig die Auflage. Über Vögel bei uns nur pro, mit Ausnahme der bereits auf die politische Seite vorgedrungenen Diskussion über die sinnvolle Begrenzung der Zahl der Tauben. Nur selten fuhr in dieser hanseatischen Gartenidylle, in der ich mich jetzt befand, ein Auto vorbei, Menschen waren nicht zu sehen, nur zu hören, wie sie hinter den hohen Hecken, die ihre Grünstücke zur Straße hin abschlossen, die Vorbereitungen für den Abend trafen. Man hörte das Geklapper von Tellern und die mild verzweifelten Rufe von Müttern, die ihren Kindern befahlen, sich endlich die Hände zu waschen. Irgendwie konnte ich mir nicht vorstellen, daß es in dieser Todeszone der Wohlanständigkeit schmutzige Hände gab. So war ich froh, als plötzlich ein Fußball durch die Zweige eines Obstbaums krachte, dessen Blüten wie ein dicker Schneevorhang zur Erde trudelten. Ein Kirschbaum. Und wenige Sekunden später, zu schnell, wie ich fand, der das Naturschauspiel, den Schritt verharrend, bestaunte, stürzte ein Junge aus der grünen Geschlossenheit auf den Gehweg, blickte kurz nach links und nach rechts und rannte dann auf den Ball zu, der gerade unter einem Auto verschwand. Da die tiefstehende Sonne mich blendete, konnte ich die Gesichtszüge des Jungen nicht genau erkennen, der nun in die Hocke ging, sich mit einer Hand an dem Auto abstützte und mit der anderen nach dem Ball angelte, der aber längst, für mich sichtbar, auf der anderen Seite des Autos wieder hervorgerollt war. Ich lief, ohne zu zögern, auf die Straße und versuchte den Ball, wie ich es früher gekonnt hatte, mit dem rechten Fuß aufzunehmen, um ihn mit dem linken Spann über das Auto hinweg dem Jungen zuzuspielen, stellte mich jedoch so ungeschickt an, daß der Ball, von mir korrekt getroffen, mit einem klatschenden Geräusch an der Seitenscheibe des Autos abprallte und mir aus kürzester Entfernung auf die Brust klatschte. Für einen kurzen Moment litt ich unter Atemnot, blieb jedenfalls japsend stehen, wie einer, der mitten im Leben die Orientierung verloren hat. Der Junge, von den sonderbaren Bewegungen und Geräuschen um ihn herum wieder auf die Beine gekommen, schaute mich durch das Auto hindurch an und mußte lachen, und es war leicht zu erraten, was seine Heiterkeit auslöste: Der Ball hatte einen wunderbar deutlichen Abdruck auf meinem weißen Hemd hinterlassen. Der Abend wird anders verlaufen als gedacht, war mein erster Gedanke, als ich, verlegen und sicher alles andere als souverän, damit begann, die Schmutzränder von meinem Hemd zu klopfen, was die an sich lächerliche Situation noch grotesker aussehen ließ. Denn der Ball war offenbar nicht nur durch die Gischt eines Rasensprengers geflogen, sondern unter dem Auto auch mit Schmieröl in Verbindung getreten, das sich nun in kräftigen Schlieren über der Hemdbrust und dem Jackett verteilte. Eigentümlich, wie schnell sich die Welt verändern kann, wenn man sie herausfordert. Wäre ich, meinen Gedanken nachhängend, einfach weitergelaufen, ohne mich um den Fußball zu kümmern, den der Junge wenige Sekunden nach mir selbst entdeckt hätte, wäre alles seinen guten Gang gegangen. Aber offenbar wollte ich, daß etwas geschah. Offenbar gab es einen Zwang, gegen den Ball zu treten. Offenbar wollte ich die schöne Ordnung, wie sie sich mir in dieser stillen Straße zeigte, zerstören. Das Ergebnis war jedenfalls verheerend, denn mit jeder wischenden Bewegung über das Hemd wurde die Verunreinigung monströser. Inzwischen stand der Junge neben mir und sah mit ernster Miene zu, wie aus einem eben noch sorgfältig gekleideten Spaziergänger eine Art Strauchdieb wurde, wie sie in dieser Gegend sicher nicht zu den alltäglichen Erscheinungen gehörten. Wie ein junger Triumphator hatte er seinen rechten Fuß auf den Ball gesetzt und die Hände in die Hüften gestemmt. Von Anteilnahme war in seinem Gesicht nichts zu lesen, nur entspanntes Desinteresse. Keine Hilfestellung, kein Urteil. Er schaute mich mit gespitzten Lippen an, keineswegs überrascht. Offen-

bar hatte er schon so viel erlebt, daß ihn ein besudelter Mensch nicht aus der Bahn werfen konnte.
Was machen Sie hier eigentlich? fragte er plötzlich. Wollen Sie meine Mutter besuchen?
Noch ehe ich antworten konnte, rief eine Frauenstimme hinter der Hecke: Marcel, wo bleibst du, das Wasser wird kalt! Woraufhin der Junge sich wortkarg, aber nicht unhöflich verabschiedete und mitsamt seinem Ball, den er vor sich herkickte, durch das meinem Blick verborgene Gartentor verschwand.
Ich war, wie nicht gerade selten in meinem Leben, der Verlassene. Ein im wahrsten Sinne des Wortes »Angeschmierter«. Während jetzt überall auf den Terrassen die Aperitifs eingeschenkt und danach die Speisen aufgetragen wurden, stand ich, gezeichnet, auf der Straße und mußte mir das Geläster der Vögel anhören, die, wie ich glaubte, aus allen Gärten herbeigeflogen waren, um mich mit lautem Gekecker zu verhöhnen. Es fehlte einer, dem ich mich zeigen konnte, allein war dieser Schmutz nicht auszuhalten. Aber alle Hoffnung, aufgelesen und gereinigt zu werden, um anschließend meinen Weg fortsetzen zu können, war vergebens. Nirgendwo auf der Welt ist man so allein wie in einem deutschen Vorort. Es ist die Hölle. In jedem Provinzkaff gibt es ein Gasthaus, eine Telefonzelle, einen Penner auf einer Parkbank, mit dem man sein Leid teilen kann. Aber hier, in diesem betäubten Landstrich? Hier kann man wollen, was man will, man wird nicht gehört. In deutschen Vororten muß man verkommen oder zum Mystiker werden, dem es gleichgültig sein kann, ob sein Hemd weiß ist oder befleckt. Das einzige, was mir in diesem Viertel zugeflogen war, war ein Name: Marcel. Hoffentlich hatte man ihm den

Namen zufällig gegeben, dachte ich, so wie man mir einen Namen verpaßt hatte, gegen den ich mich mein ganzes Leben lang zur Wehr setzen mußte. In der Regel führt ein Mangel an Vorstellungskraft zu Namen, und nur selten empfinden die Namensgeber auch nur einen Anflug von Scham darüber, daß sich Kinder von ihrem Namen wegbewegen, sich häuten, um unter anderem Namen ihr Leben zu führen. Marcel, dachte ich, wenn das mal gutgeht.

Ich zog mein Jackett aus und hängte es mir so über die Schulter, daß wenigstens ein Teil des verunreinigten Hemdes bedeckt war. Außerdem war ich ins Schwitzen gekommen, unter den Achselhöhlen fühlte es sich kühl an. Hoffentlich erblickt mich keiner, dachte ich, obwohl ich mir in diesem Moment nichts sehnlicher wünschte als einen hilfsbereiten Menschen. Ich gelangte immer mehr zu der Überzeugung, daß absichtlich keiner auf die Straße trat, um mich nicht sehen zu müssen. Als ich an der Garageneinfahrt von Marcels Elternhaus vorbeikam, drehte ich den Kopf unwillkürlich nach rechts und sah den Jungen neben einer Frau, wahrscheinlich seiner Mutter, stehen, der er offenbar den Vorfall erklärte. Beide schauten ausgesprochen ernst drein, als würden sie ein die künftige Entwicklung des Jungen prägendes Problem besprechen. Der Ball lag friedlich vor ihnen in einem Gras, das allem Anschein nach ständig gepflegt wurde. Ein Gras, das es in meiner Kindheit nicht gegeben hat. Wie frisch ausgelegt, wie frisch gestrichen. Ein Vorortgras, wie man es keinem Menschen wünscht.

Die Mutter, die mich nun auch gesehen hatte, hob den Arm, als wollte sie mir zuwinken, und setzte sich auf dem zur Straße hin abschüssigen Rasen in Bewegung. Ich blieb stehen, wie ein Erkannter, unschlüssig, was ich nun tun sollte. Sie mußte ja mich meinen, da weit und breit kein andrer auf der Straße war, dem ihr Winken hätte gelten können. Für eine Sekunde schien es mir angebracht, ohne weitere Umstände davonzulaufen, weil ich der Fortsetzung der Diskussion meiner Ungeschicklichkeit aus dem Weg gehen wollte, aber die Sekunde war schon vorbei, und ich stand noch immer wie angewurzelt da.

Die Frau, die wenig später hinter dem niedrigen Garagentor stand, gehörte zu den ausgemergelten Blondinen, die es in allen Großstädten Deutschlands in den besseren Kreisen zu Hunderten gab. Eine ganz bestimmte soziale Umwälzung muß sie hervorgebracht haben, ein Zivilisationsruck. Lange Diätperioden und ein vorgegebenes Schönheitsideal, viel Geld aus meist trüben Quellen, ein Haus im Vorort, beratende Tätigkeiten in der Medienbranche oder bei Kosmetikfirmen, die Hälfte des Lebens vorbei, die schlechtere vor Augen. Wenn die Männer in ihren Consulting-Firmen oder Broker-Büros ihr Geld verdienten und die Kinder in der Schule waren, sah man die blonden Frauen mit den hageren Gesichtern in offenen Wagen durch die Städte fahren, die Haare im Wind, in den Haaren eine Sonnenbrille. Sie waren patent, wie der Ausdruck früher hieß, patent jedenfalls war die blonde Frau, die mich jetzt ohne weitere Umstände auf ihr Grundstück bat, weil sie der begründeten Ansicht war, ich würde in meinem Aufzug womöglich Aufsehen erregen in dieser spießigen Gegend, wie sie sich ausdrückte und dabei eine jener schönen lässigen Gesten über das ganze Viertel hinweg machte, das ich selbst als gut bürgerlich bis neureich bezeichnet hätte. Sollte ich ablehnen, die Fliege machen, wie der einschlägige Fachausdruck hieß? In allen solchen zufälligen Einladungen steckt ein Gran Nötigung, etwas Klebriges, das haftenbleibt. Man wird mit Lebensgeschichten konfrontiert, die man unter keinen Umständen hören will, man wird zu Urteilen aufgefordert, die einem die eigene Schwäche bewußt werden lassen, vor allem aber neigt man selber dazu, sich rätselhafter darzustellen, als man ist, und in jedem Falle nehmen solche Einladungen, trotz des Kitzels, der einen anfänglich überfällt, ein dürftiges Ende, das man auch noch mit Entschuldigungen zu beschweren sich gezwungen fühlt. Ich erinnerte mich, schon eine Hand auf dem Gartentor und bereit, der Einladung zu folgen, wie ich einmal einer jungen Frau in Nürnberg, der ich einen Reifen gewechselt hatte, zu einem Kaffee in deren Wohnung gefolgt war, wo sie mich bat, ein riesiges Bild zu begutachten, das die ganze Wand ihres Zimmers ausfüllte. Es war offenbar von einem durchgedrehten oder bereits länger geisteskranken Künstler angefertigt worden, der, stellvertretend für sein eigenes Blut, einen Eimer roter Farbe über die Leinwand gekippt hatte. Eine Zumutung, die Ankündigung eines Attentats. Ich war vollkommen fassungslos vor diesem Mordversuch gestanden, bis die Frau mich darüber belehrte, daß sie selbst, Dozentin an der Kunsthochschule, die Urheberin dieses Blutbads sei und von mir ein zustimmendes Urteil erwartete. Ich war, als sie in die Küche ging, um den Kaffee aufzubrühen, in panischer Hast aus der Wohnung geflohen und hatte mich bis zur Ankunft bei mir zu Hause gefragt, ob ich ihr etwa meinen Namen genannt hätte. Wahrscheinlich war es diese Erinnerung, die mich warnte.

Es gibt Schwellen, die man nicht übertreten sollte, weil man Gefahr läuft, noch die undeutlichste Vorstellung, die man von sich hat, zu verlieren. Aber der Stachel des Fremden war stärker als alle Alarmglocken, die in mir zu läuten begannen.
Ich murmelte meinen Namen absichtlich ohne Betonung und betrat durch das aufgehaltene Tor der Garageneinfahrt das Grundstück. Suchen Sie ein Haus zum Wohnen, oder wollen Sie eines ausrauben, fragte mich die Frau, beides ist in dieser Gegend ausreichend vorhanden. Ich lachte, allerdings ein wenig schief, weil ich mich ertappt fühlte. Denn tatsächlich hatte ich bei meinem Spaziergang beide Möglichkeiten erwogen. Auf diese spielerische Weise besaß ich in nahezu allen Städten, die ich je besucht hatte, komfortable Villen mit ausladenden Gärten und Swimming-Pools und hatte, durch meine klug eingefädelten Raubzüge, auch ausreichend Geld, diese auf hohem Niveau zu unterhalten. Diese virtuelle Methode schien mir die einzig mögliche zu sein, zu einem gewissen Wohlstand zu kommen, der mir auf jede anständige Art für immer verschlossen zu sein schien. Zeitlebens war es mir vollkommen unmöglich gewesen, mich als Villenbesitzer zu denken, weil der Erwerb einer solchen Immobilie, selbst wenn sich die unwahrscheinliche Möglichkeit ergäbe, daß ich einmal zum Chefredakteur ernannt werden würde, an dem sprichwörtlichen Geiz der Besitzer unserer Zeitung seine natürlichen Grenzen finden müßte. Unser jetziger Chefredakteur, der schon ein Jahrzehnt der Zeitung vorstand, hatte seine Haushälfte jedenfalls trotz eines günstigen Sparvertrags noch immer nicht abbezahlt und mußte seine letzten Jahre in der Zeitung mit der trüben Aussicht verbringen, eines

Tages in einem verschuldeten Haus sein Leben zu beschließen.

Wer nie die Gelegenheit haben wird, ein eigenes Haus zu besitzen, entwickelt leicht eine Haltung, die als tiefe Furcht vor einem Haus gedeutet werden kann, und die Antwort auf diese tiefe Furcht ist ein anklagendes Gerede gegen Häuser an sich. Als ich nun aber, beschmutzt und bekleckert, auf dem fremden grünen Rasen stand, spürte ich, wie, gewissermaßen durch die Schuhsohlen hindurch, eine Art stolzes Besitzgefühl in mir aufstieg, eine dringende Festigkeit, als sei ich hier schon lange wohnhaft und nur für kurze Zeit in der schmutzigen Welt gewesen.

Marcel hatte es sich in einem Liegestuhl auf der Veranda bequem gemacht und drückte heftig die Knöpfe eines winzigen Computerspiels. Er schien mich bereits als Teil der Familie zu betrachten, schaute jedenfalls nicht einmal auf, als ich hinter seiner Mutter, die mir die Jacke abnahm und sie im Wohnzimmer über ein weißes Ledersofa legte, das Haus betrat. Eine weiße Ledercouch. Ich sah mich bereits mit meinem Hamann auf dieser Luxusliege ruhen, ohne Rücksicht auf den in seine fiependen Computertöne vernarrten Sohn. Die Maße stimmten. Warum ich, ein eher zurückhaltender Einzelgänger, beim bloßen Anblick dieses Möbels, das zudem noch völlig unbenutzt aussah, geschichtslos, von keiner Liebe berührt, in derartige Phantasien verfiel, war mir ein Rätsel. Die völlige Unvereinbarkeit – meiner Person und dieses Haushalts – schien Wünsche in mir aufzurufen, die bis jetzt zusammengefaltet in mir gelebt haben mußten. Ich überraschte mich selbst dabei, wie ich das Gewicht der Frau, die zwei Schritte vor mir ging, taxierte, und plötzlich fiel mir ein, wie ich als Pfadfinder vor vielen Jahren einmal in einem verlassen wirkenden französischen Dorf eine Greisin aus ihrem brennenden Haus gerettet hatte. Sie war so leicht, daß ich dachte, ich hätte ein Skelett in den Armen, dem man, um mich zu täuschen, eine Hautfolie über die Knochen gespannt hatte. Um den Schwelbrand zu löschen, mußte ich die Alte im Gras ablegen, aber nach getaner Arbeit durfte ich sie wieder aufnehmen und wie ein Kind zur Beruhigung herumtragen. Sie hatte geweint. Alles verloren, hatte sie immer wieder gemurmelt, obwohl alles nichts war. Sie hatte nichts besessen außer einem Kochtopf und einem Stuhl, nichts Sichtbares, Materielles jedenfalls, woran sie sich hätte festhalten können. Ich war nahe daran, die Frau vor mir zu fragen, ob ich sie nicht auch auf den Arm nehmen dürfe, hielt mich aber zurück. Fragen ist zwecklos. Du mußt es tun, das ist das Gesetz dieses Hauses.

Kommen Sie, sagte die Frau, die meinen verharrenden Schritt bemerkt haben mußte. Sie führte mich an einer Konsole vorbei, auf der in Silberrähmchen die Familie zu sehen war, in glücklichen Tagen. Auch in dieser Familie hatte es also offenbar einmal glückliche Tage gegeben, oder doch jene eine unbeschwerte Minute, die eines dieser stillen Bilder festgestellt hat. Es zeigte den kleinen Marcel auf dem Schoß eines Mannes, der wie sein Vater aussah. Ein Mann mit einem mächtigen Haarschopf und buschigen Augenbrauen, die in der Mitte zusammenwachsen wollten, hoher Stirn und unerhört großen Ohren. Ein Hörer. Marcel hatte das Kinn auf seine rechte Faust gestützt, mit der linken Hand hielt er sich an dem Arm seines Vaters fest, der ihn hielt. Die Mutter, links stehend, in einem weißen Kleid, vervollständigte die heilige Familie. Alles nicht der Rede wert und vollkommen im Rahmen, wenn nicht von der rechten Seite her ein weiterer Arm und eine Hand zu sehen gewesen wären, die auf der rechten Schulter des Mannes ruhte. Ein Arm ohne Mensch. Eine feingliedrige Hand, die aus dem rechten Nichts kam. Dieser seltsame Körperteil ließ mich vermuten, daß dieses Foto das einzige war, das die Familie in einem glücklichen Zustand zeigte, denn hätte es noch ein anderes Foto ohne Geisterarm gegeben, wäre es sicherlich aufgestellt worden. Weil der Arm (der unsichtbaren Frau?) das Ohr des Mannes fast berührte, hätte man das Foto auch nicht mit einem radikalen Schnitt retten können. Es war, bildete ich mir ein, das einzige, einzigartige Dokument einer Zwischenzeit: hier noch die strahlende Familie modernen Zuschnitts, doch im Bild schon die feine Kraft, die solche Fügung nicht ertragen kann. Wahrscheinlich lebte jetzt das Geld des Mannes mit dem Arm zusammen, und der Rest befand sich, abgefunden, getrennt, in diesem Haus. Ich mußte mich zusammenreißen, um dem Wirrwarr von Spekulationen zu entgehen, der mich beim flüchtigen Anblick dieses Glücksfotos überraschte. Ohne etwas von den Umständen zu wissen, unter welchen das Foto aufgenommen worden war, von den Familienverhältnissen, die man hier fragmentarisch besichtigen konnte, von den möglichen Verwicklungen, auf die der verborgene Körper hinweisen mochte, ohne Kenntnis all dieser Hintergründe und trotz der Tatsache, daß ich eben erst das Haus betreten hatte und demzufolge nichts über die Geheimnisse dieses Anwesens wissen konnte, war ich, wie ich feststellen mußte, tief verwirrt. So, wie etwas mit dem Foto nicht stimmte, stimmte etwas an der ganzen Sache nicht. Aber obwohl ja noch Zeit war, ohne Gesichtsverlust mit einer beliebigen Ausrede den Rückzug anzutreten, spürte ich, wie ich durch das Sieb der möglichen Entschuldigungen rutschte und bereit war, der Frau bedingungslos in die Oberwelt zu folgen.

Wir stiegen die Treppe zum ersten Stock hinauf, Herrin und Hund, an englischen Stichen mit Pferden vorbei, und befanden uns alsbald in einem weiß funkelnden, verspiegelten Badezimmer, das die Frau bescheiden als Gästebad bezeichnete. Hier können Sie duschen, sagte sie, ich lege Ihnen ein frisches Hemd auf den Hocker im Vorraum, das alte können Sie in den Korb werfen.

Ich sah uns, die Frau und mich, in einem unendlichen Spiegelsaal, tausendfach rhythmisch vermehrt, ein gut einstudiertes Ballett. Hob sie die Hand, hoben tausend Klone die Hand, kratzte ich mir den Kopf vor Verlegenheit, äfften mich in tausend Badezimmern tausend verdrehte Männer nach. Man konnte verrückt werden in solcher Umgebung. Schlimm genug, daß man in normalen Badezimmern gezwungen war, sich anzublicken, wo doch gerade dieser Raum der einzige des Hauses sein sollte, in dem man nicht überwacht werden wollte, weder beim Zähneputzen noch bei der Verrichtung der Notdurft. Die Selbstbeobachtung, Auge in Auge, war meines Erachtens bereits ein Meilenstein in der Degenerationsgeschichte, eine Zivilisationsbewegung nach rückwärts, und das moderne Badezimmer der Tempel zur Feier des unaufhaltsamen Niedergangs. Man sollte sich nicht zusehen, man sollte sich selbst gegenüber ein Fremder bleiben. Selbst nach täglicher gewissenhafter Zahnpflege wurde man Zeuge, wie sich die Zähne verfärbten, und keine Falte blieb den Spiegeln verborgen.

Statt aber das Badezimmer dunkel zu lassen und nur eine Scherbe für die Rasur anzubringen, ließ man die Todeskammer hell ausleuchten. Wo sonst, wenn nicht hier, konnte man den Advent des Todes erwarten?
Fühlen Sie sich ganz unbeobachtet, also nicht wie zu Hause, hörte ich die tausend Frauen wie aus einem Munde sagen, und mit diesen Worten und einem prüfenden Blick über ihr weißes Reich ließ sie mich allein.
Ich kann nicht sagen, daß ich mich, nachdem ich mich etwas gefaßt hatte, ganz und gar unwohl fühlte. Den diskreten Luxus, der mich hier umgab, hatte es in meiner Familie nicht gegeben, und auch in meiner Wohnung zu Hause, die ich mit keiner anderen Person zu teilen gezwungen war, hatte ich es nie vermocht, den Dingen eine Ordnung zu geben, die sie beanspruchen durften. Zu Hause lag die Seife auf dem Waschbeckenrand, hier lagen farbige Seifenkugeln in einer Art höherem Einweckglas, in dessen Zwilling sich farbige Wattebäusche tummelten. Bei mir hingen die Handtücher über dem Rand der Badewanne, hier gab es eine eigens konstruierte Metallapparatur, die das weiße Frottee auch im Sommer warm hielt. Am meisten aber fesselte mich die Vorsorge, mit der an die Haare der Gäste gedacht wurde. In einer afrikanischen Keramikschale waren mehr als zwanzig verschiedene Shampoos versammelt, aus denen man auswählen durfte. Aber je länger ich überlegte, mit welchem Mittel ich meine Haare waschen wollte, desto deutlicher wurde das Gefühl, dieser Situation nicht gewachsen zu sein. Eine betäubende Empfindungslosigkeit bemächtigte sich meines Körpers.
Das Mißverhältnis zwischen mir und dem hellen Reich aus Kacheln, in dem es keinen trüben Winkel, keine

dunkle Stelle gab, wurde fast unerträglich. Die Alchemie der Reinheit und Kühle, in der ich verloren stand und mich von allen Seiten anschauen mußte, wirkte demütigend. In diesem strahlenden Haushalt kam ich mir lächerlich vor, fehl am Platz. Nie war mir die Unmöglichkeit des Lebens deutlicher vor Augen getreten als hier. Ich wollte zu singen beginnen, um mich in Bewegung zu setzen, glotzte mich aber nur stumm an. Es half nichts, ich mußte mich bewegen. Ich mußte so tun, als sei meine Anwesenheit in diesem Bad die natürlichste Sache von der Welt. Ich hatte mich gerade meiner unangemessenen Kleidung entledigt, um in den sogenannten Duschbereich zu treten, als ich, bei einem flüchtigen Blick aus dem Fenster, die Dame des Hauses sah, die zu mir heraufblickte, als erwarte sie meine Rückkehr. Oder wollte sie prüfen, ob ich mich schon aufgegeben hätte? Sie rauchte. Einen Arm hatte sie sich quer über den Leib gelegt, so daß der Ellenbogen des anderen aufruhen konnte. Die Finger, mit denen sie die Zigarette hielt, machten ein Victory-Zeichen, so jedenfalls schien es mir, bevor ich noch die Zigarette aufglimmen sah. Sie hatte eine merkwürdige Art, die Zigarette zu halten. Von hier oben sah sie in ihren Reithosen, der weißen Bluse und den wie flüchtig aufgesteckten Haaren wie eine Reklame aus, und während ich, unbekleidet, ein wenig blöde auf sie hinabstarrte, fragte ich mich, für wen sie in diesem Aufzug wohl werben könnte. Hatte sie auf mein Erscheinen am Fenster gewartet? Mir wurde bewußt, daß ich die blonde Frau wie bei einem Augenduell eine Sekunde zu lange angestarrt hatte, also hob ich meinerseits linkisch die Hand zum Gruß und betrat rasch den Duschraum, um mich nun endlich zu säubern.

Mir fiel erst nach geraumer Zeit auf, daß ich mich zu gründlich reinigte, als wollte ich mich auf etwas vorbereiten. Ich seifte umständlich den ganzen Körper ein, wusch mir, was ich sonst nie tat, zweimal hintereinander die Haare (mit einem herb riechenden Bier-Shampoo), ging sogar in die Hocke, um die Füße von allen nur denkbaren Schmutzresten zu befreien, und vergaß nicht einmal die Ohren. Ich wollte für den Fall des Falles einen in jeder Hinsicht reinen Körper vorweisen können.

Als ich die geräumige Kabine wieder verließ, waren endlich alle Spiegel und Fenster beschlagen. Ich war wieder auf mich reduziert, auf meine Grenzen. Ein Reiner braucht sich nicht zu sehen, er sieht sich in den anderen. Ich wischte mir einen Durchguck im Fenster frei, um zu prüfen, ob meine Gastgeberin sich fortbewegt hatte. Sie stand jetzt in der Garageneinfahrt und hatte die Zigarette gegen ein schnurloses Telefon eingetauscht, schaute aber immer noch in meine Richtung, als würde sie gerade jemand berichten, welchen Fang sie gemacht hatte. Ein schüchternes Bürschlein, das ich erst einmal in die Wanne geschickt habe. Sie muß also im Haus gewesen sein, und mehr noch, wie ich sogleich feststellte, sogar während meines Aufenthalts unter der Dusche das Badezimmer betreten haben, denn auf dem Hemd, das sie mir leihweise zur Verfügung gestellt hatte, lagen jetzt ein Paar graue Socken und eine sonderbar eingefärbte Krawatte. Tatsächlich habe ich seit der Beerdigung meiner Mutter nie eine Krawatte getragen, wodurch diese Anmutung der blonden Frau, mir einen Schlips zu verpassen, eine heikle Dimension des Rückfalls in längst erledigt und überwunden geglaubte Kindheitsmuster bedeutete. Da ich während unserer kurzen Begegnung keine Krawatte getragen hatte und die Frau mir zunächst ja nur mit einem frischgewaschenen Hemd aus der Verlegenheit helfen wollte, mußte sie, im Garten stehend und auf das Fenster blickend, hinter dem ich mich ausgezogen und geduscht hatte, zu der Ansicht gekommen sein, mir neben dem bereits überlassenen Hemd noch eine Krawatte und frische Socken leihen zu müssen, obwohl ja meine Socken durch den verunglückten Tritt gegen den Fußball keineswegs gelitten hatten. Aber nicht nur lagen neue Socken auf dem Rohrhocker, sondern meine Socken waren entfernt worden, jedenfalls waren weder sie noch mein schmutziges Hemd, das ich weisungsgemäß in den Bastkorb geworfen hatte, darin enthalten. Je länger ich während des Haaretrocknens über diese Verdreifachung ihrer Anstrengung nachdachte, aus einem zufällig an ihrem Haus vorbeigekommenen Menschen mit einem von dem Fußball ihres Sohnes beschmutzten Hemd einen adretten, gewissermaßen vorzeigbaren Hausgenossen zu machen, desto unruhiger wurde ich. Was ich bis eben noch als glücklichen Zufall im Unglück, auch als Abenteuer zu werten gewillt war, vielleicht auch als Marotte einer Frau, die damit ihre Unkonventionalität unter Beweis stellen wollte, kam mir nun mehr und mehr als geplanter Eingriff in meine Privatsphäre vor. Gewiß hatte es meiner Zustimmung bedurft, mich von ihr ins Haus locken zu lassen, aber daß ich nun nackend in einem ihrer Bäder stand und drauf und dran war, Hemd, Krawatte und Socken eines mir unbekannten Mannes anzuziehen, kam schon fast einer Zumutung gleich. Wem gehörten diese Kleidungsstücke? Wem gehörte das Deodorant, das ich mir in viel zu gro-

ßen Dosen unter die Achseln sprühte? Wer hatte das Gel gekauft und benutzt, das ich nun in meine Haare rieb, um ihnen, wie es auf der Tube hieß, Festigkeit und mir Selbstbewußtsein zu geben? Wie unter einem fremden, nämlich ihrem Willen stehend, hatte ich mich tatsächlich mit sämtlichen zur Verfügung stehenden Salben und Wassern und Sprays versorgt und stand nun wie eine duftende Reklamefigur in diesem dämpfigen Bad, wie ein anderer Mensch. Wahrscheinlich hatte sie mir die Unterhose und die Hose nur deshalb gelassen, weil in ihrem großen Haus kein passender Ersatz zu finden war. Beides zog ich mit einem gewissen Triumph an, wenngleich ich mir auch der Schäbigkeit, die beide verströmten, bewußt war. Tatsächlich hatte ich noch nie im Leben fremde Kleider angezogen. Die Vorstellung, in einem Secondhand-Laden einen getragenen Anzug zu kaufen, kam mir völlig abwegig vor. Der schläfrige Gestank alter Hemden war ja nur dann erträglich, wenn es die eigenen waren. Ich trage ein Totenhemd, ging mir durch den Kopf, ich richte mich zu meiner eigenen Beerdigung her.
Mit einem Erfrischungstüchlein, einem Geschenk der Lufthansa, rieb ich mir den Staub von den Schuhen, riß die beiden Fenster auf, um die Wasserdampfschwaden ins Freie zu lassen, blickte nun wieder in einen dämmrigen Spiegel, um dem Fremden einen letzten Blick des erstaunten Einverständnisses zuzuwerfen (»Bist du noch ganz richtig im Kopf?«), und machte mich an den überflüssigen englischen Pferden vorbei auf den Weg nach unten. Es war kurz vor acht, ich hatte Hunger.

2

Vorsichtig klopfte ich an die Tür zum Wohnzimmer, obwohl sie weit offenstand, und trat ein, ohne auf ein Zeichen gewartet zu haben. Marcel spielte, auf einem der beiden schneeweißen Sofas sitzend, immer noch selbstvergessen mit seinem Computer und blickte nur kurz auf, als ich mit sauberem Hemd und Krawatte im Raum stand. Entweder hatte ihn seine Mutter eingeweiht, so daß ihm die Veränderung kein Kopfzerbrechen machen konnte, oder er war es gewohnt, daß eben noch verschmutzte Fremde hier einer Verwandlung unterzogen wurden. Die eigentümliche, an Bilder von Chardin erinnernde Stille, die der seinen Computer mit vorsichtigen Gesten bedienende Marcel verströmte, wurde durch die plötzlich einsetzende Stimme der Frau unterbrochen, die, wie ich jetzt sah, an einem »antiken« Sekretär saß und telefonierte. Auch wenn ich mir alle Mühe gab, nicht auf die Worte zu hören, die sie, nach langen Perioden schweigenden Horchens, wie aus einer Laune heraus in ihr winziges Telefon schrie, und es vermied, aus den Fragmenten, die ich gegen meinen Willen aufnahm, einen Sinn zu ermitteln, ergaben die Macht- und Drohwörter, die sie periodisch ausstieß, doch ein Geflecht, das auf nichts Gutes schließen ließ. Keine Macht der Welt, du bist wohl vollständig von Sinnen, da kannst du lange warten, unter diesen Feststellungen ließ sie es kaum bewenden. Es schien sich um einen aussichtslosen Kampf zu handeln. Ich setzte mich, um nicht noch weiter den ungebetenen Zuhörer spielen zu müssen, zu Marcel auf das Sofa, war jedoch unfähig, das Wort an ihn zu richten, denn wenn ich anheben wollte, ihm eine Frage zu stellen, drückten mir die immer aggressiver werdenden Flüche der Mutter die Worte zurück in den Mund. Die Frau hatte ihren Stuhl so vor das Fenster gerückt, daß sie während ihres Gesprächs in die üppige Pflanzenpracht des Gartens schauen konnte, in mächtige Fliederbüsche und Blumenrabatten, gleichzeitig diente ihr die Panoramascheibe aber als Spiegel, in dem sie ihre sich verändernden Gesichtszüge im Augenblick heftigster Empörung kontrollieren konnte: Gelegentlich fuhr sie sich mit ihrer freien Hand durch die Haarmähne, die nun nicht mehr durch Spangen gebändigt war, oder kratzte sich mit einem harten schabenden Geräusch die Schulter, dann wieder verschwand die Hand, die eben noch wie eine Marionette neben dem Kopf aufgetaucht war, unter der Bluse. Sie fand offenbar Gefallen an ihrer Macht, aus einem geschützten Raum heraus den weit entfernten Feind zu attackieren. Sie schien nicht zu ahnen, daß sie sich im nächsten Moment in eine gestürzte Göttin verwandeln konnte. Ich kam zu dem Schluß, mich augenblicklich verdrücken zu sollen, weil ich mir nicht vorstellen konnte, daß nach Beendigung dieses alles in allem peinlichen, jedes Einlenken vermeidenden Telefongesprächs meine Anwesenheit noch erwünscht war, aber als ich Anstalten machte, mich zu erheben, um mir meine Jacke und meine Kongreßunterlagen, die auf dem anderen Sofa ausruhten, zu angeln, war auch die Frau auf den Beinen und beendete, nun Marcel und mir zugewandt, das Gespräch mit dem messerscharfen Ausruf: Nein, du

Scheißkerl. Damit war eigentlich alles gesagt, arroganter, verletzender, boshafter konnte eine Gemeinsamkeit, die mit dem unsichtbaren Gesprächspartner meiner Meinung nach einmal bestanden haben mußte, nicht zerhackt und zerfleddert werden. Ein Wort mehr hätte nach dieser schlimmen Orgie der Verwünschung wieder einen neuen Anfang bedeutet. Offenbar besitzt die Frau, dachte ich, als ich mich wieder auf das Sofa fallen ließ, einen Instinkt für Maße, das war es, was ich mir merken wollte.

Als sie nun, nachdem sie das winzige Telefon zugeklappt und mit verächtlicher Geste auf den Sekretär geworfen hatte, als wollte sie es nie wieder anrühren, wie in Zeitlupe auf uns zukam, wurde mir bewußt, daß ich zum Zeugen geworden war. Würde ich vereidigt werden, müßte ich bestätigen, daß diese Unterhaltung, soweit ich sie mit angehört hatte, weder Gesprächs- noch Kompromißbereitschaft hatte erkennen lassen. Es ging wahrscheinlich um Geld, und ich sollte auf ihrer Seite sein. Nur als Zeuge hatte meine Anwesenheit in diesem stillen, eingefrorenen Luxus Bedeutung. Zwar hatte ich keine Vorstellung, welche Konsequenz sich daraus für mich ergab, aber daß ich nicht ungeschoren aus dieser ungewollten Situation herauskommen würde, stand außer Frage. Gut, daß sie meinen Namen nicht kannte. Oder hatte sie die Zeit, während ich duschte, dazu benutzt, meine Unterlagen und meine Brieftasche zu studieren? Marcel, der auch jetzt nicht von seinem Computerspiel lassen mochte, konnte sich immerhin darauf berufen, nicht zugehört zu haben, was allem Anschein nach auch der Wahrheit entsprach. Nie zuvor habe ich ein Kind gesehen, das vor den Augen seiner entnervten,

die Fassung verlierenden Mutter mit einer so geradezu krankhaften Verschließung reagierte. Es zeigte weder Interesse noch Mitleid für die Tragödin, die nun vor uns stand und sich mit der Spitze ihres rechten Schuhs den Knöchel ihres linken Beins kratzte. Die Krawatte paßt, sagte die Frau gedankenverloren, ich war mir nicht sicher, ob ich mir Ihre Haarfarbe richtig eingeprägt hatte, eine Bemerkung, die ein Lachen in mir aufsteigen ließ, weil ich selbst nie wußte, welche Farbe meine Haare hatten, dunkelblond oder braun, und ich erst kürzlich, bei einer notwendigen Paßerneuerung, ein Fragezeichen auf das Formular gesetzt hatte und von der Beamtin zur Ordnung gerufen worden war. Selbst bei den Augen war ich mir unsicher gewesen. Grüngrau? Blaugrau? Sie scheinen sich nicht besonders gut zu kennen, hatte die Beamtin nach einem langen Blick in meine Augen gemurmelt. Sie selbst, wie man sofort sehen konnte, hatte gefärbte Haare und verbarg ihre Augen hinter einer getönten Brille.
Danke, paßt alles sehr gut, antwortete ich, als hätte ich selbst dieses farbige Ungetüm ausgesucht, das mir wie der Strick eines zum Tode Verurteilten um den Hals hing. Das Hemd sei etwas zu groß oder ich etwas zu klein, sagte sie dann, aber der bisherige Träger habe gegen seinen Willen in den letzten Jahren Fett angesetzt, trotz Sport und Tabletten keine Chance. Er mußte immer größere Hemden kaufen, fügte sie lachend hinzu, Sie tragen sein Endstadium. Von Größe 42 bis Größe 47 habe sie mit ansehen müssen, daß bei ihm der Pfeil nur in eine Richtung gewiesen habe, erst auf dem Totenbett dürfe er wieder eines seiner alten Hemden tragen.
Ich kann nicht sagen, daß es mich erfreute, in dem

Hemd eines Toten oder Davongelaufenen, in jedem Fall für längere Zeit Abwesenden zu stecken, von dem ich mir in meiner Not – allerdings vergeblich – ein Bild zu machen suchte, um wenigstens probeweise herauszufinden, mit wem die Frau mich verwechseln wollte. Denn daß ich hier nicht aus mildtätigen Gründen saß, wurde mir schon dadurch bewußt, daß ich weder nach meinem Namen noch meiner Profession noch danach gefragt wurde, was mich in diese Straße verschlagen hatte. Ich sollte wohl einfach anwesend sein. Immer, wenn ich etwas von mir erzählen wollte, wenn ich eine Lücke in ihrem Monolog über den abwesenden Mann erspähte, dessen Gewohnheiten mir nach und nach eröffnet zu werden drohten, schnitt sie mir mehr oder weniger brüsk das Wort ab, um sich in weiteren Details zu verlieren. In einem seltsam unwirklichen Prozeß wurde ich zu dem anderen, mit jedem ihrer Worte modellierte sie mich in den anderen hinein. Unmerklich hatte sie mich im Griff, und obwohl ich keinesfalls hören wollte, was sie sagte, zwang sie mich doch in die Position eines Zuhörers, der jedenfalls so tat, als könne er ihren Worten ein gewisses Interesse abgewinnen. Zunächst kam mir mein Schweigen unverzeihlich vor, weil es einem Einverständnis glich, später unvermeidlich. Ich mußte, ob ich wollte oder nicht, bis zum Ende ihrer bruchstückhaften Erzählung ausharren. Resigniert ließ ich mich in die Polster zurückfallen. Man muß höflich sein zu den Lebenden, dann behandeln sie später den Neuankömmling drüben besser.

Wollen Sie etwas trinken, fragte die Frau nun, sich selbst unterbrechend, und holte aus der »Hausbar« ein Schälchen Erdnüsse und zwei Gläser, die sie vor mir auf dem

niedrigen Glastisch abstellte. Ich solle mich selbst bedienen und ihr etwas mitbringen, sagte sie beiläufig, weil sie testen wolle, ob ich ihren Geschmack träfe, so wie sie meinen getroffen habe.
Ohne lange zu wählen, nahm ich die Johnny-Walker-Flasche aus dem erleuchteten Schrein und goß die zwei Gläser halbvoll ein. Meinetwegen, sagte die ausgemergelte blonde Frau, die nun, als sie das Glas an die Lippen setzte, eigentümlich gealtert aussah. Gespitzte Lippen, die ihr Gesicht alt und ratlos wirken ließen. Aber Sie sollen wissen, daß Sie mich unterschätzen, murmelte sie unter einem leichten Schütteln, doch ihre vielleicht nur gespielte Verzweiflung über meinen ordinären Geschmack war ohne jede Beimischung von Sentimentalität. Sie war, wollte sie mich wissen lassen, immer schon die Unverstandene gewesen, wie konnte da ein von der Straße hereingeschneiter Mann das Gesetz, unter dem ihr Leben stand, durchbrechen? Die bösartige Trivialität, mit der man ihr begegnete, wurde auch von mir fortgesetzt. Johnny Walker, du meine Güte!
Für die nächsten Minuten verlagerten wir unser einseitiges Gespräch in die geräumige Küche des Hauses, wo sie, wie sie sagte, nachdem sie mich aufgefordert hatte, ihr zu folgen, dem Jungen ein Leberwurstbrot schmieren wollte, aber ich ahnte, daß sie unter vier Augen mit mir etwas zu besprechen hatte. Ich war ihr wieder wie ein Hund gefolgt, nicht zuletzt deshalb, weil ich hoffen durfte, nun selbst etwas zu essen zu bekommen. Bedienen Sie sich, rief sie mir über die Schulter zu, als ich mich dem Brotkorb näherte, es ist genug da. Und als ich endlich ein bereits ziemlich altes Brot und einen Becher Joghurt verzehren durfte, fragte sie mich, wo ich wohnte.

Ich nannte ihr den Namen des Hotels hinter dem Bahnhof. Kinderstrich und Drogen, Amphetamine, war ihr Kommentar. Und nachdem sie endlich die grobe Leberwurst auf dem Brot glattgestrichen hatte, fragte sie wie nebenbei, ob ich noch ein paar Stunden bleiben und auf Marcel aufpassen könne. Der Junge macht keine Schwierigkeiten, fügte sie hinzu, Sie können es sich bequem machen und lesen oder fernsehen, gegen Mitternacht bin ich zurück und bringe Sie dann in Ihr Hotel. In meinem Innern herrschte plötzlich ein merkwürdiger erotischer Aufruhr, als hätte die blonde Frau, deren Namen ich noch immer nicht kannte und die von mir nichts wußte außer der Kragenweite, mich aufgefordert, ihr einsames Bett zu wärmen. Vielleicht war es auch nur die Aussicht, auf sie warten zu dürfen, die mir plötzlich das Blut in die Schläfen trieb, jedenfalls sagte ich mit übertriebener Hast zu, weil ich Angst hatte, sie könnte sich ihr Angebot noch einmal überlegen. Eigentlich war ich einer, der den Abschied bevorzugte, das schnelle Weggehen, weshalb ich selbst am meisten überrascht war, mich nun auf der Seite der Wartenden zu finden. Selbstverständlich warte ich auf Sie, sagte ich also, ich kann mir im Moment nichts Schöneres vorstellen, als auf Sie zu warten. Sie leiden entweder nicht gerade an überbordender Phantasie, gab sie mir lächelnd zurück und umfaßte dabei freundschaftlich meinen Arm, oder Sie sind glücklich verheiratet. Und als ich meinerseits den Arm hob, um auch sie – zum ersten Mal übrigens – zu berühren, denn wir hatten uns ja nicht einmal die Hand zur Begrüßung gegeben, hatte sie, den Teller mit dem armseligen Leberwurstbrot in der einen, ein Glas Milch in der anderen Hand, bereits den Weg zurück ins Wohnzimmer ange-

treten, so daß mir gar nichts übrigblieb, als wieder einmal hinter ihr herzugehen.
Die Frau besaß ohne Zweifel eine hypnotische Überzeugungskraft. Was sie sagte, war nicht besonders aufregend, wie sie es sagte, ebenfalls nicht. Aber immerhin kannte sie nicht das Gespenst des Versagens oder wollte es nicht zur Kenntnis nehmen. Obwohl man annehmen durfte, daß sie, allein mit dem Buben, auf Trost und Zuspruch aus war, auf eine brüderliche Teilung der Beschwernisse, die sie zweifellos zu tragen hatte, benahm sie sich wie jemand, der souverän und ohne jeden Anflug von Diplomatie ihre Welt beherrschte. Ich hatte zu folgen. Auch ich, eben erst in ihr Reich eingedrungen, bekam umgehend eine Funktion zugewiesen. Ich war gereinigt worden, hatte meine Kleider erhalten, eine Uniform, die mich als Soldaten ihrer geheimen Armee auswies, durfte ein wenig Nahrung zu mir nehmen und hatte im übrigen ihren Befehlen zu gehorchen. In ihren Gesten und Worten war keine Spur von Liebe oder Verständnis zu finden. Wenn etwas zu erkennen war, dann eine eiskalte Ironie unter der Maske einer maßlosen, egozentrischen Geheimnistuerei.
Dem Jungen wurde knapp und ohne große Umstände mitgeteilt, daß ich im Haus bleiben würde, bis sie zurückkäme, was dieser ohne Kommentar zur Kenntnis nahm. Der Prinz war auf seine ruhige Weise apathisch geworden, eine gewisse Starre hatte von ihm Besitz ergriffen. Er mampfte sein Brot und machte keinerlei Anstalten, eine Konversation mit mir zu beginnen. Auch als die Mutter, nun mit einem schwarzen Cape um die Schultern und trotz der Dunkelheit eine Sonnenbrille vor den Augen, noch einmal das Zimmer betrat, um uns

einen schönen Abend zu wünschen, gab er kein Wort von sich. Er gehörte offenbar nicht zu denen, die redeten, um nicht schweigen zu müssen. Er behielt die Worte für sich, eigensinnig und furchtlos. Wenn es Verachtung war, die ihn schweigen ließ, dann wollte auch ich schweigen und seine Verachtung gelassen ertragen. Vielleicht löste ihm aber die Abwesenheit seiner Mutter die Zunge. Was auch immer passieren würde, ich machte mich auf einen langen Abend gefaßt.

3

Wer würde als erster reden? Es war jetzt fast dunkel im Zimmer, nur ein honigfarbener Lichtschein lag sanft über den Dingen. Die Gegenstände, die mir zunächst wie zufällig oder konventionell nebeneinandergestellt erschienen waren, entwickelten nun eine eigentümliche Zugehörigkeit. Das lange weiße Sofa, auf dem Marcel mit seinem Computerspiel lümmelte, stand dem Panoramafenster gegenüber, das nun wie eine große Leinwand wirkte, auf der mit einer einzigen Einstellung die hereinbrechende Nacht gezeigt wurde. Der gläserne Tisch mit einem Stapel von Illustrierten, akkurat übereinandergeschichtet, als hätte sie nie einer berührt. Ein Kunstbuch daneben, amerikanische Malerei der Gegenwart, mit einem Ölgemälde von Hopper auf dem Umschlag, das so aussah, als hätte es der Künstler in diesem Haus gemalt, ein Bild mit langen Schatten. Eine blonde ausgemergelte Frau schaut aus einem Panoramafenster in die Ferne, aber nicht so, als würde sie etwas erwarten. Sie schaut, weil sie jemand, den man nicht sieht, dazu gezwungen hat. Sie denkt nicht nach, ist nicht verzweifelt. Sie kennt nur die Attitüde des Wartens. Wenn Sie auf etwas warten oder zu denken beginnen, hat ihr der Unsichtbare gesagt, werde ich Sie auslöschen. Unnachgiebig sitzt sie da und schaut aus dem Fenster in die Sonne, die ihr die Haut wärmt, die Oberfläche. Sie darf nicht einmal staunen. Die Welt liegt ihr vor Augen, unverrückbar

und schön, doch das muß ihr egal sein. Sie hat ihr Leben eingefroren, dem Maler zuliebe, und mit ihr gefror die Welt.
Wo war eigentlich mein Platz in diesem Stilleben? Er war mir zugewiesen worden, ich hatte ihn eingenommen, ohne Fragen zu stellen. Ich hätte jetzt aufstehen und herumlaufen, ich hätte flüchten können aus dieser Bewegungslosigkeit. Ein Tritt mit dem Fuß, und die Zeitschriften wären auf dem Fußboden gelandet. Wo befand sich das Fernsehgerät? Wahrscheinlich hinter der Tür neben der Hausbar. Ein paar Leichen in Farbe als Kontrast zu dieser sterilen Gemütlichkeit, ein paar Tote im Kinderzimmer. Es kam mir unangemessen vor, nichts zu sagen, nicht zu schreien und zu toben, aber ich blieb wie angewurzelt sitzen. Ein Dämon, der dieses Haus in seinen spitzen Krallen hielt, wachte darüber, daß die Ordnung nicht durcheinandergeriet.
Links neben dem Fenster der winzige Sekretär mit dem Telefon, ein ruhiges Möbel, das nicht gerade verantwortungsvoll aussieht. An ihm werden keine Briefe geschrieben, sondern bestenfalls Schecks signiert. Sein Komplize, das schnurlose Telefon. Beide zusammen ergeben die nüchterne, kalte Schaltzentrale dieses ruhigen Hauses. Hier werden die Befehle ausgegeben. Die Hausbar. Kein Wort darüber. Geraffte Gardinen mit einem Blumenmuster. Es gibt tatsächlich Menschen, die diese Muster entwerfen, ohne dafür büßen zu müssen. Ein Eckschränkchen mit Büchern und silbernen Bechern, in einem der Becher ein Windrad, wie man es auf Jahrmärkten erwerben kann, das einzige Ding in diesem Zimmer, das mich rührte. Es war mir ein Rätsel, daß ich nicht die Titel der Bücher lesen wollte, wie ich es sonst

immer tat. Wahrscheinlich wollte ich nicht enttäuscht werden. Schwere Aschenbecher aus Kristall, an den Rändern mit Silber gefaßt. Ich schaute mir jeden einzelnen Gegenstand so genau wie möglich an, als müßte ich ihn mir für immer einprägen. Hoffentlich kam der Junge nicht auf die Idee, die lächerliche Bogenlampe anzuknipsen, die direkt neben ihm stand. Aus dem esoterischen Klüngel, der sich hier zu einer Séance eingefunden hatte, würde wieder das moderne Wohnzimmer in einem Hamburger Vorort werden, in dem ich auf die Rückkehr der Frau warten sollte, deren Namen ich nicht kannte.

Sind Sie der neue Freund meiner Mutter? fragte der Junge in die Stille hinein, oder wollen Sie es werden? Er hatte, wie ein seines Spiels überdrüssiger Gott, sein elektronisches Gerät zur Seite gelegt und schaute mich gelassen an, ein routinierter Blickewerfer, der sein kleines aufgeräumtes Reich musterte, in das ein Fremder eingedrungen war, der seine Botschaft vergessen hatte. Er war der Dämon, ging es mir durch den Kopf. Er brauchte nur einen verborgenen Knopf zu drücken, damit mich die Wachen abführten. Legt ihn in Ketten in den Keller, bis er seine Sprache wiedergefunden hat, gebt ihm Wasser und laßt das Fernsehgerät ausgeschaltet, damit er sich vorstellen kann, was ihm blüht.

Du verzogenes Arschloch, dachte ich bei mir, da hockst du mit deinem blödsinnigen Computerspiel und denkst, mich aus der Fassung schlagen zu können, nur weil du zu den privilegierten Kindern gehörst, denen man alles in den Schoß wirft. Im nächsten Jahr wirst du wahrscheinlich nach Salem geschickt oder in ein englisches Internat, um die richtigen Freunde kennenzulernen, mit

denen du später Geschäfte machst. Und Mädchen natürlich, die etwas mehr zu bieten haben als ein hübsches Gesicht. Für dich wurde die Welt erfunden, nur für dich, und du glotzt trübe auf dein elektronisches Kästchen. Ich werde dir nicht antworten.
Lassen Sie sich ruhig Zeit mit der Antwort, sagte Marcel. Mit einem pfeifenden Seufzer warf er sein Spielzeug auf den Glastisch, nahm sein Leberwurstbrot und starrte mich kauend mit einem sonderbar hängenden Lächeln an. Man hätte meinen können, er lege es darauf an, daß ich ausfällig würde, um sich nur um so mehr an meiner Machtlosigkeit erfreuen zu können. Unverkennbar, der Junge hatte dieses Spiel schon oft gespielt. Wer weiß, welcher Art die Babysitter waren, die sich in der Vergangenheit hier gewunden hatten. Sicher keine jungen Mädchen, die für zehn Mark die Stunde das Gefühl der Angst erleben durften. Studenten? Wahrscheinlich würden sie in Gegenwart dieses Kerlchens mehr lernen als in der Psychologie-Vorlesung.
Wo steckt denn dein Vater? fragte ich ihn, fast gegen meinen Willen.
Aber nicht einmal diese Frage brachte den Jungen in Verlegenheit. Er schluckte seinen Bissen runter, nahm einen Schluck Milch, wischte sich mit dem Handrücken über den Mund, wischte dann mit größter Selbstverständlichkeit den Handrücken an dem weißen Sofa ab und sagte plötzlich, als sei eben etwas lange Vorbereitetes in ihm aufgestiegen: Um den müssen Sie sich keine Sorgen machen, der ist schon längst außer Haus und kommt, wenn überhaupt, nur nach Voranmeldung vorbei. Außerdem habe ich keinen Vater.
Um wen oder was soll ich mir sonst noch Sorgen ma-

chen? hakte ich nach, obwohl ich eigentlich den Mund halten wollte.
Das werden Sie bald selbst herausfinden, sagte Marcel und gähnte. Auf jeden Fall sollten Sie sich bei uns nicht sicher fühlen.
Ich bin hier, um in Abwesenheit deiner Mutter auf dich aufzupassen, sagte ich, das ist alles, spürte aber, daß ich bei dem Versuch, dem zu entkommen, was mich zur Weißglut trieb, immer tiefer in eine Unvertrautheit hineinrutschte, die mich ebenfalls rasend machte.
Das glauben wohl auch nur Sie, sagte der Junge, der inzwischen den letzten Happen seines Brotes kaute. Sie sollten besser auf sich selbst aufpassen, ich komme schon zurecht.
Daran gab es keinen Zweifel. Wenn einer mit seinem Leben zurechtzukommen schien, dann dieser Knirps mit seinen unförmigen Schuhen, der sich offenbar vor nichts fürchtete, am allerwenigsten vor der Zukunft. Es würde, so wollte mir sein Gleichmut klarmachen, immer so weitergehen. Alle Unterbrechungen, alle Querschüsse, alle Wetterumschwünge, alle Träume und Illusionen könnten an den Gesetzen der Sukzession nichts ändern. Seit dem Abdanken der Theologien und dem Verschwinden der Ideologien, seit der Auflösung der Familie und der Verdunkelung der Wahrheit sind auf dem leeren Acker der Gegenwart diese Geschöpfe entstanden, die wir wohl oder übel als die nächste Generation begrüßen müssen. Welche »undurchdringliche Nebelwand« mußte aufziehen, um ihr Furcht und Zittern aufzunötigen? Was mußte geschehen, um sie im Innersten zu erschrecken? Der Tod der Mutter? Eine Sache der Biologie. Ein Krieg? Die Bilder eines Krieges? Auf jeden Fall haben wir es am

Ende einer langen Zivilisationsgeschichte mit diesen in sich selbst ruhenden Kobolden zu tun, einsam und ungeschickt, aber von hoher Wachheit.
Mußt du nicht morgen früh zur Schule gehen, frage ich, um aus dem Bereich der Andeutungen zu kommen, die er in jedem seiner Sätze wie Fallen auslegte.
Ich muß nicht, aber ich werde höchstwahrscheinlich gehen. Mit diesen Worten erhob er sich und zog sich die Turnschuhe aus, die er wie Fundstücke aus einer längst vergangenen Epoche liegenließ.
Während er so vor mir stand, barfuß, mit seinem von kräftigen Wirbeln zerzausten Haarschopf, fiel mir nichts Besseres ein, als mir eine Zigarette anzuzünden.
In diesem Haus wird nicht geraucht, sagte Marcel, meine Mutter ist schwere Asthmatikerin. Gehen Sie in den Garten, wenn Sie qualmen wollen.
Aber ich habe deine Mutter rauchen sehen, sagte ich kleinlaut und drückte meine Zigarette wieder aus.
Ja, im Garten, sie kann es nicht lassen.
Mit diesen Worten ging er um den Glastisch herum, an meinem Sessel vorbei, zur Tür, wo er, wie im Film, noch einmal verhielt. Ich sollte Ihnen eine gute Nacht wünschen, sagte er in meinem Rücken, dann hörte ich, wie er die Tür öffnete und wieder schloß. Ich war allein.
Kaum hatte der Junge das Zimmer verlassen, stieg eine zugleich kochende wie lähmende Wut in mir auf. Am liebsten hätte ich einen der schweren Aschenbecher genommen und ihm nachgeworfen. Aber ich blieb sitzen. Ich kam mir in meinem Sessel wie geschrumpft vor, durch Demütigung kleiner geworden. Hatte der Mistkerl mich vorgeführt? War ich nicht auf sein Angebot, ein Duell zu veranstalten, eingegangen? Dieser arrogante

Rotzlöffel, auf den ich aufpassen sollte, hatte mich mit einem halben Dutzend Sätzen zu einem Wicht degradiert, zu einem unbezahlten Sklaven seiner Mutter, der froh sein durfte, wenn der Sohn des Hauses mit ihm ein Wort zu wechseln bereit war. Ich sollte Ihnen eine gute Nacht wünschen! War das ein Befehl der Mutter gewesen, oder hatte er es nur so gesagt, weil es sich gehörte, sogar einem Schmarotzer und Feind eine gute Nacht zu wünschen?

Es boten sich mir zwei Möglichkeiten, die erlittene Schmach zu bewältigen und abzubauen. Entweder mußte ich sofort das Haus verlassen oder länger als geplant in ihm verweilen.

Die erste Möglichkeit war zu einfach: ein Taxi bestellen, einen Zettel hinterlassen, am nächsten Tag die furchtbare Krawatte, das Hemd und die Socken zurückschicken, mit einem kurzen Dank für die Leihgabe aus dem Fundus einer zerstörten Ehe. Aber wohin sollte ich das Taxi bitten, in welche Straße, zu welcher Hausnummer? Außerdem hatte es zu regnen begonnen, was meine Lust, mich heimlich hinauszustehlen, verringerte. Auch die Vorstellung, daß in dem Moment, da ich leise das Gartentor hinter mir zuzöge, die Herrin des Hauses zurückkäme und mich stellte, war unangenehm. Man kann sich also nicht auf Sie verlassen, mein Sohn hat recht gehabt, er hat mich gewarnt vor Ihrer Schwäche, Sie sind ein Unglücksbringer, ein vom Pech Infizierter, der vor dem winzigsten Auftrag versagt – ich hörte all diese Sätze und sah die Frau vor mir, mit Sonnenbrille, die Hände in den Hüften, eine spuckende Rechthaberin, die in diesem Fall ganz gewiß recht gehabt hätte.

Die zweite Möglichkeit, einfach ein paar Tage in der Gesellschaft der Frau und des Kindes zu verbringen, schien mir, nach sorgfältiger Abwägung, doch geeigneter, meine Ehre zu retten. Ich könnte mein Hotelzimmer aufgeben, morgens den Kongreß besuchen und nachmittags und abends mich der Familie widmen, die diesen Zuspruch, wenn mich nicht alles täuschte, dringend nötig hatte. Und vielleicht bliebe sogar noch Zeit, meinen Hamann zu studieren oder ein paar Seiten an meiner mich schon lange beschäftigenden Abhandlung über den Jesuitenstaat in Paraguay zu schreiben, wenn es mir gelänge, im ethnologischen Institut der Universität, wie ich hoffte, neue Unterlagen zu finden.

Eigentlich brauchte ich das Congress Center gar nicht mehr aufzusuchen. Nachdem ich die großen Einleitungsvorträge über die revolutionären Veränderungen im Bibliothekswesen schon gehört hatte, konnte ich mühelos einen Artikel über die gesamte Veranstaltung schreiben. Das Generalthema war festgelegt, der Rest Improvisation. Marcel mußte dann noch mindestens zwei Tage meine Anwesenheit ertragen, vielleicht sogar eine Woche, das hing von der Entwicklung meiner Beziehung zu der blonden Frau ab, die zwar einerseits nicht so aussah, als wäre sie auf meinen Beistand angewiesen, andererseits ihre Sicherheit aber so überdeutlich als Maske eines akuten Mangels benutzte, daß sie vielleicht glücklich war, mich noch zwei Tage unter ihrem Dach beherbergen zu dürfen. Ich war auf jeden Fall geneigt, mich überreden zu lassen, wenn sie den Versuch unternehmen sollte, mich zu halten. Mehr noch, ich war plötzlich fest entschlossen, die nächste Zeit in diesem Anwesen zu verbringen.

Es gehörte offenbar zu der subtilen Dramaturgie der

Hausherrin, daß mich in dem Moment, da ich diese Entscheidung getroffen hatte, aber noch nicht in der Lage war, sie bis in die äußerste Konsequenz zu durchdenken, das Klingeln des Telefons aus meinen Überlegungen riß. Viermal klingelte es, bis ich mich durch die Dunkelheit bis zum Sekretär getastet hatte. Ja, rief ich gehetzt und übertrieben laut in den Apparat, eine Begrüßung, die ich haßte, wenn ich sie selbst hören mußte.
Wer ist da, fragte eine männliche Stimme.
Was sollte ich antworten? Der Sekretär, Besuch, ein Hausfreund? Instinktiv entschloß ich mich, meinen Namen in diesem Haus weiterhin für mich zu behalten. Außer Marcel hatte wohl keiner hier einen Namen. Es ging offenbar auch ohne. Der Mann jedenfalls drang nicht länger in mich ein, sondern fragte nun geradeheraus, ob sie da sei. Ist sie nicht zu Hause? fragte er, mit einer Stimme, die sich nicht leicht abspeisen lassen würde. Dennoch versuchte ich mein Glück.
Wen wollen Sie sprechen? fragte ich teilnahmslos und erreichte eine maximale Wirkung.
Hör mal gut zu, du Neger, knurrte die Stimme, sag ihr, daß ich in einer halben Stunde da sein werde.
Damit war das erste längere Gespräch dieses Abends beendet. Es war jetzt kurz nach zehn.
Ich stand, wie vorhin die schimpfende Frau, lange neben dem Sekretär und starrte aus dem Fenster in den Garten, den heiligen Bezirk. Aus irgendwelchen Gründen hatte man den Rhododendron mit einem Gazeumhang versehen, so daß ich zunächst dachte, es würden Säcke im Garten stehen. Ein Nachtvogel flog erschrocken vor der Scheibe vorbei. Dann sah ich, hinter der Hecke, die den Garten zur Straße hin begrenzte, die zuckenden Lichter

eines Autos. Das Scheinwerferlicht, das sich durch die Hecke kämpfte, flackerte über den Rasen, der in dieser Beleuchtung noch unnatürlicher aussah. Tatsächlich gibt es hier ein Leben, dachte ich und war froh, nicht ganz allein zu sein. Von Marcel war nichts mehr zu hören. Wahrscheinlich schaute er fern. Oder las. Ich konnte mir plötzlich gut vorstellen, daß er dicke Bücher verschlang, stumm, hingegeben, spöttisch. Am liebsten hätte ich noch einmal nach ihm geschaut, aber ich wollte nicht stören. Sicher gehörte er zu den Kindern, die immer gestört worden waren.
Ich legte mich auf das weiße Sofa, knipste die gebogene Stehlampe an, die mich mit einem unerwartet warmen Licht beschien, und versuchte nachzudenken.
Ein Satz ging mir plötzlich durch den Kopf, den ich kürzlich gelesen und in meinem Notizbuch festgehalten hatte: Der eigentliche Verfasser aller Utopien ist die Müdigkeit.

4

Ich habe es stets als ein Privileg, als eine besondere Gnade empfunden, nur eine lächerlich geringe Zeit in die Planung meines Lebens investiert zu haben. Obschon ich doch immer gearbeitet habe, war es mir mühelos gelungen, mich der sorgfältigen Verwaltung meiner Gaben zu entziehen, indem ich immer dann, wenn ich spürte, daß etwas in mir zugrunde ging, sich auflöste, weil die Sache, die mich beschäftigte, mein Interesse nicht halten konnte, auf ein anderes Gebiet wechselte. Ich war zutiefst davon überzeugt, daß der größte Teil dessen, was ich ausführte, nicht für mich arbeitete, mein Leben bereicherte, sondern das Gegenteil bevorzugte: Etwas arbeitete gegen mich, zerstörte mein Leben, auch wenn es, von außen, so aussah, als würde es mein Leben ermöglichen und verschönern. Ein Spiel, das mich nicht als Gewinner sehen konnte. Ich hatte immer den Verdacht, daß das Leben von den meisten Menschen mit zu vielen Hoffnungen belegt wird, die nach und nach zerplatzen und eine fatale Leere hinterlassen, die unangenehm ist und auf alle Außenstehenden, aber auch auf Freunde, peinlich wirkt. Nichts schlimmer als jammernde Menschen, die ihrem Leben hinterhergreinen, würdelos und unangemessen. Zwar glaubte ich bisweilen, den richtigen, mir gemäßen Weg gefunden zu haben, dem ich mich, wenn auch nicht blindlings, so doch wenigstens ohne Mißtrauen, anvertrauen konnte, wurde jedoch immer wieder aus Gründen, die mir bis jetzt verborgen geblieben waren, davon abgebracht. Wahrscheinlich war auch ich nicht nur ein Opfer meiner Kindheit – ich weiß, daß dies eine Ausrede ist –, sondern eben auch der Gesellschaft, in der zu leben ich gezwungen war. Nein, nicht gezwungen, das ist falsch. Keiner ist gezwungen, am Leben zu bleiben. Aber die Anstrengung, die es kostet, die Mittel aufzutreiben, um in einer »anderen« Welt zu leben, war für meine Existenz zu groß. Ich wurde mit nichts fertig. Es war mir nicht möglich, etwas zu Ende zu bringen. Ja, es kam mir mit der Zeit oft so vor, als wäre es eine Sünde, etwas zu Ende bringen zu wollen, weil es keinen Abschluß gab. Also lieber ein Opfer sein. Aber nicht einmal als Opfer wollte ich Karriere machen.

Mein Biologiestudium brach ich trotz eines in Aussicht gestellten Doktorandenstipendiums und der Versicherung, mich später am Institut habilitieren zu dürfen, zum nicht geringen Schrecken meines Professors ab, um ein Jahr als Entwicklungshelfer nach Afrika zu gehen. Als ich dort die banale, weil für alle anderen auf der Hand liegende Feststellung machen mußte, daß der größte Teil des Geldes nicht für die Realisierung unserer Projekte ausgegeben wurde, sondern in der dunklen Bürokratie des Landes versickerte, schlug ich das Angebot der Verlängerung meines Vertrages aus und arbeitete zunächst als Hilfskraft am deutschen Seminar der Universität von Kapstadt, später in der südafrikanischen Zweigstelle eines internationalen Transportunternehmens, das mich nach einem Jahr zur Belohnung für gute Arbeit nach Buenos Aires schickte, wo ich, bei stetig steigenden Bezügen, in der Gesellschaft zahlreicher neuer Freunde, die ich später nie wiedersah, meinen dreißigsten Geburtstag feiern konnte. Lauter Ethnologen, Musiker, Nichtsnutze aus reichen Familien, mit denen ich in den »besseren« Clubs der Hauptstadt zusammentraf. Aber ich fühlte mich nie zu einer Verpflichtung gedrängt, ich kannte nicht den Drang, mein Leben zu gestalten. Ich wurde, noch in Afrika, zum Beobachter. Mich hatte eine Euphorie des Schauens gepackt, ohne die ich wahrscheinlich nicht auf der Welt geblieben wäre. Um einen Teil des Geschauten in meinem Gedächtnis zu halten, begann ich zu schreiben. Ein Artikel über meine Landsleute und ihre Gewohnheiten in Afrika, den ich in einem deutschen Nachrichtenmagazin unterbrachte (und der sogar einen Preis einbrachte), ließ mich zu der Überzeugung kommen, meinen Lebensunterhalt mit dem Schreiben verdienen zu wollen, was mir allerdings erst gelang, als ich meine Ansprüche so tief wie nur irgend möglich heruntergeschraubt hatte. Das war, nach Afrika, nicht mit Mühen verbunden, aber nach Argentinien schmerzhaft. Wer über die Verwüstungen der Welt schreibt, über die Normalität der Verwüstung, über die Verwüstung als Normalität, der hat selbst kaum noch Ansprüche. Ansprüche verschleiern. Mit Ansprüchen wird man Teil der Verwüstung.

Ich wurde nach meiner durch die politischen Machenschaften in Argentinien erzwungenen Rückkehr nach Deutschland zunächst Nachrichtenredakteur. Es war die vornehmste Arbeit meines Lebens. Und die leichteste. Ich ließ die Nachrichten, wie sie waren. Das Weltübel durfte nur nicht länger als drei Zeilen am Stück sein. Es war entlastend, nicht kommentieren zu müssen. Flogen Bomben, flogen Bomben, keine Metaphern. Keine Entrüstung, keine Besorgnis. Nur die Anzahl der Bomben interessierte, ob und wen sie trafen und wer sie abgeworfen hatte.

In meiner freien Zeit schrieb (und schreibe) ich unter vielen Namen kurze Geschichten für die letzte Seite der Wochenendbeilage, in denen ich den Verlust der Einzigartigkeit des Menschen in der Welt beklage. Diese kurzen Aufsätze sind bei aufgeklärten Lesern sehr gefragt und bieten Gesprächsstoff, weil sie in aller Regel von der Notwendigkeit des Müßiggangs reden, vom Müßigsein. »Lob der Verlangsamung«, »Lichtspiele des Glücks«, »Lassen wir die Welt in Ruhe«, so oder so ähnlich lauten die Titel der kurzen Betrachtungen. Um noch mehr Zeit für diese Grillen zu haben, nahm ich den Posten des freien Redakteurs für die Seite »Das politische Buch« an, die nur selten erscheint, weil nicht genug Anzeigen hereinkommen. Irgendwann wird sie einschlafen. Ich muß ausschließlich zu den großen Konferenzen erscheinen, darf aber bei den Zusammenkünften des Feuilletons anwesend sein, die übrige Zeit kann ich mir nach eigenem Gutdünken einteilen.

Es wurde mir leichtgemacht, mich gegen das, was man in unserer Welt Erfolg nennt, zu immunisieren, weil alle um mich herum erfolgreich sein wollten. Die Fixierung auf Erfolg, das Erfolgsfieber, das in der Zeitung seit einigen Jahren epidemisch grassierte, hatte sowohl den Rest Erinnerung und den Rest Muße, über den die Redaktion noch verfügte, als auch den Sinn für Schönheit vernichtet. Aber die Zeitung war ja auch nur ein Abklatsch ihrer Leser. Das ganze Volk, das nach der abgebrochenen Sinnsuche sich auf die Glückssuche gemacht hatte, sprach von nichts anderem mehr. Der Erfolgreiche hat die größten Chancen, glücklich zu werden; der Er-

folgreiche ist glücklich. Mit Erfolg wollte man Gott töten und die Vernunft zum Schweigen bringen. Wenn jemand Vernunft sagte, verließen die Leute das Theater. Wer über Unvernunft reden wollte, konnte mit Zuhörern nicht mehr rechnen. Das Begriffspaar schreckte ab. Schon die Kinder wurden auf Erfolg getrimmt und von der Schulbank weg in erfolgversprechende Jobs geschoben, und auch die Alten mußten noch Erfolge vorweisen, um erfolgreich in die Grube fahren zu dürfen. Denn auch das Leiden, die Würde des Leidens wurde dem Erfolg geopfert, was wir an der sprunghaften Zunahme der Todesanzeigen ablesen konnten. Wenn früher das Ableben eines bedeutenden Menschen beklagt wurde, der einmal geboren worden und nun abgetreten war, dann paßte diese Mitteilung in ein kleines Kästchen. Jetzt brauchte man große Flächen, um all das aufzuzählen, was der den Lesern unserer Zeitung gleichgültige Tote zu Lebzeiten getrieben hatte, und manche Toten wurden bis zu zwanzigmal betrauert, weil ihre Lebensleistung darin bestand, in zwanzig Aufsichtsräten tätig gewesen zu sein. Unter solchen Berserkern der Aktualität hatte »Das Politische Buch« zu leiden. Je erfolgreicher die Menschen, desto schlimmer für »Das Politische Buch«.
Sogar die Kirchen hatten sich, vermutlich aus Rücksicht auf die schmaler werdenden Einnahmen aus den staatlich eingezogenen Steuern, auf Gedeih und Verderb dem Erfolg, der allerdings auf sich warten ließ, verschrieben und aus dem Leiden Christi eine Art Erfolgsstory der Massenkommunikation für jene gezaubert, die hinter dem Rauschen der neuen Prächtigkeit das zitternde, alles vernichtende Nichts witterten. Paulus als Medienberater. Als Erfinder einer guten Performance. Der helle

Glanz der tiefen Inspiration, welcher auch die Herzkammern der Religion erwärmt hatte, war plötzlich in die Hände der Menschen gefallen, das letzte Stück Unverfügbarkeit sollte nun auch noch erfolgreich verwaltet werden. Aber wie? An der Börse! Kein Wunder, daß die Metaphysik-Aktien der große Hit wurden. Jeder wollte einen Teil des großen Rauschens besitzen, der Andrang zu den Aktionärsversammlungen war beträchtlich. Endlich hatte man das Spiel, in dem man immer nur Mitspieler war, selbst in der Hand. In dem Maße, in dem die Wissenschaft erfolgreich daran arbeitete, uns mitzuteilen, daß wir nur durch eine sonderbare Verkettung von Zufällen überhaupt existierten, in dem Maße nahm das Aktienpaket der Metaphysik-GmbH an Wert zu. Für diese Art von Gedanken war ich Experte, und da die lobenden Leserzuschriften – die alle in der Bemerkung gipfelten: Endlich hat es mal jemand gesagt! – sich mehrten, bekam ich noch einen weiteren Vertrag, der mich dazu verpflichtete, zwei Kolumnen dieser Färbung im Monat zu liefern.

So fiel es mir leicht, meinen teils durch Mangel an Ehrgeiz hervorgerufenen, teils bewußt herbeigeführten, also ganz und gar nicht blinden Willen zur Erfolglosigkeit zu kultivieren, indem ich jede Anstrengung zur Erlangung persönlicher Ziele als unakzeptable Selbstüberhöhung vermied. Wenn ein ganzes Volk, eine ganze Nation, eine ganze Welt auf ein Ziel zurast, nur darauf hindenkt, nur dafür lebt, entstehen riesige Räume der Leere, in denen man sich sorglos ergehen kann. Plötzlich stand mir auch die Geschichte offen, ihre großen tragischen Erzählungen. Ich durfte plötzlich darin herumspazieren, bis ich auf einen Menschen traf, in der Regel auf einen älteren

Professor, der für einen der letzten noch ausstehenden Bände einer Welt- oder Sozial- oder Kirchengeschichte nach einem fehlenden Beleg suchte. Bot sich eine Gelegenheit, mit ihm ein Stück des Weges zu gehen, folgte ich ihm ohne Gewissensbisse, meine Zeit zu vertrödeln. Ich lebte oft lange in den alten Texten und den Schatten, die sie warfen. Ja, ich ließ mich ohne Scham von ihnen aus der Fassung bringen. Seit ich nicht mehr täglich zur Arbeit mußte, verfügte ich über Zeit, die allen anderen abzugehen schien. Es war, als würde ich mit abnehmender Lebenszeit täglich Zeit dazugewinnen, ein Paradox, das meinen Tagesablauf von Grund auf veränderte. Ich kam zu dem Schluß, mich nun vollständig diesem Paradox aussetzen zu müssen, um ein allem Anschein nach leichteres Leben führen zu können, das sich, statt auf den Tod zuzurennen, nach allen Seiten verzweigte. Erfahrungen wie diese waren es, die mir ein chaotisches Glücksgefühl vermittelten. Während mir früher immer eingeschärft worden war, Ordnung in meine Angelegenheiten zu bringen, hatte ich jetzt alle Hände voll zu tun, Ordnung abzuweisen. Es ist ja nicht leicht, in einer Erfolgsgesellschaft, die nur dem Erfolg verpflichtet ist, als Erfolgloser zu leben.

Meine Mitmenschen hatten für meine Lebensweise nur wenig Verständnis. Sie empfahlen mir, einen Teil meines Gehalts in Fonds oder Aktien anzulegen. Sie beschworen mich, Vorsorge zu treffen. Höhepunkt dieser andauernden Lebensverbesserungsabsichten, denen zufolge ich mit einem Bein schon in der Asozialität dahinsiechte, war der Vorschlag, mir einen Platz in einem österreichischen Altersheim zu sichern, in einem ehemaligen Kloster, deren letzte Bewohner, Dominikaner, sich bereits langsam auf den Tod vorbereiteten und in Ermangelung von Nachwuchs das Gebäude an einen Immobilienfonds verkauft hatten. Zum einen, weil mich die Lebensart der Mönche interessierte, zum anderen, weil dieses Kloster in Kärnten lag, wo ein offenbar Geistesgestörter ausgerechnet die Österreicher zu neuen Erfolgen in Europa führen wollte, fuhr ich eines schönen Tages in das malerische Nest und durfte mit den alten Mönchen die Vesper einnehmen. Sie zeigten sich sehr interessiert an den Preisen, die wir, die künftigen Bewohner ihres herrlichen Besitzes, für das Wohnrecht zahlen sollten. Einer von ihnen, ein gebürtiger Serbe, war Spezialist für die mündlichen Epen, die auf dem Balkan jahrhundertelang von Sängern erzählt wurden. Jetzt sollte er seine auf der ganzen Welt berühmten Forschungen einer Firma vermachen, die sie über das Netz verbreiten wollte. Aber er wollte nicht. Vom Internet geht ein Verwesungsgeruch aus, sagte der alte Mann lakonisch, wir sind für diese Informationsfülle nicht tauglich. Wer zu heftig mit dem Netz in Verbindung gerät, verbrennt daran, das Wissen, das man angeblich aufnimmt, verdampft wie die Insekten, die in den Insektenverbrennungsanlagen verdampfen, wie sie in Kärntner Biergärten aufgestellt sind. Mitten in dieser Bemerkung sah ich, wie über dem Tisch, an dem wir saßen, eine Fliegenleimrute hing, an der die Fliegen erbärmlich zappelten.

Über den Mönch und seine Forschungen schrieb ich mehrere Artikel, die eine gewisse Berühmtheit erlangten. »Der Weise aus Kärnten«. Daraufhin lud er mich zu einem weiteren Besuch ein, der für mein Leben nicht ohne Folgen bleiben würde. Er, der von meinem Aufenthalt in Argentinien wußte und mich stets als Spezialisten für

lateinamerikanische Geistesprobleme ansprach, übergab mir die Abschrift eines Manuskripts über den «Jesuitenstaat in Paraguay«, das ein Jesuit aus Kärnten Mitte des 18. Jahrhunderts verfaßt hatte und das bislang unpubliziert geblieben war. Da die Lebenszeit des alten Dominikaners nach seiner eigenen Einschätzung nicht ausreichen würde, die Kommentierung der Handschrift für den Druck vorzubereiten, bat er mich, die Sache in die Hand zu nehmen, damit dieses wichtige Dokument eines christlichen Kommunismus nicht in den Archiven verrottete. Seither begleitet mich diese Schrift, deren farbige Abbildungen mir lieber sind als die meisten Bilder, die ich auf meinen Streifzügen durch die Museen der Welt zu bewundern gelernt habe.
Damals war sogar das Fernsehen bei mir vorstellig geworden, um mich, nach Veröffentlichung meiner Gespräche mit dem Dominikaner, für eine Sendung über das andere Kärnten zu gewinnen, aber ich sagte sowohl wegen meiner Unfähigkeit ab, öffentlich aufzutreten, als auch deshalb, weil mir die Vorstellung, ohne den weisen Mönch auftreten zu müssen, unstatthaft vorkam. Wurde nicht sowieso zuviel über Abwesende gesprochen? Der serbische Christ jedenfalls hatte mit der Begründung abgesagt, seine Unbeherrschtheit gegenüber modernen Medien lasse es nicht zu, in solchen aufzutreten.
Es ging mir, mit anderen Worten, nicht übel, weil die Ansprüche, die das angeblich erstrebenswerte Leben stellte, an mir abprallten. Andererseits war ich auch mehr, als mir lieb war, damit beschäftigt, den Angriffen der Ansprüche zu entgehen, und beschloß deshalb, mich noch mehr den Zufällen des Lebens zu öffnen. Das war leichter gesagt als getan. Denn mein Mißtrauen gegen den

Optimismus der Art, daß alles gut würde, wenn wir uns nur gehörig anstrengten, hatte derart intensiv in mir Wurzeln geschlagen, daß es mir bisweilen schwerfiel, meine demütige Beobachtungshaltung ohne jede Beimischung von Melancholie durchzuhalten. Manchmal lebte ich folglich wie in einem bangen Traum, aus dem es kein Erwachen gab, und das Redigieren der Artikel für die Seite »Das politische Buch«, die ja in der Regel von einem schlechten Vergangenen oder von einer besseren Zukunft sprachen, aber nie von der Gegenwart, verstärkte noch meine Schwarzgalligkeit.
Mein Herz trocknete aus. Es war also ein bewußter Akt, eine Selbstdisziplinierung, als ich über plötzlich aufspringende Türen zu phantasieren anfing, über Risse in der Mauer und Kratzer im Boden, über alle möglichen Zeichen, weil ich hoffte, mich auf diese Weise besser auf den Zufall vorbereiten zu können. Ich wollte mich für den Zufall empfänglich machen, ihn einladen, mich zu überraschen. Dazu gehörten auch praktische Vorkehrungen. Mein Auto hatte ich abgeschafft, um mich in Bussen und Bahnen neben Unbekannten aufhalten zu können. Ich ging in mittelmäßige Konzerte, wo ich mit Wildfremden über die Wirkung von Musik sprach. Am liebsten aber unternahm ich ausgedehnte Spaziergänge durch die Stadt und um die Stadt herum, an den Rändern entlang, wo die entsetzlichen ästhetischen Sensationen modernen Bauens übergingen in die Kaskaden des Krempels, des Abfalls, der Halden, wo es nicht mehr nach friedlichen Heimlichkeiten roch, wo die Glückserwartungen niedriger waren und die Selbsttäuschung nur in Gestalt des neurotischen Schwadroneurs auftrat, der am Kiosk vor seinen Kollegen damit angab, daß die

besseren Möglichkeiten der Welt noch lange nicht erschöpft wären.
Im vergangenen Jahr – und hier hatte der Zufall in einer glänzenden Laune seine Finger im Spiel gehabt – war mir noch eine kleine Erbschaft zugeflossen, von einer von mir stets gemiedenen Tante, deren rabiate Nörgelei wohl sogar ihre stets guten Verbindungen zur Kirche beendet hatten und die nun mir, in Ermangelung eines würdigen Erben, mit einem geharnischten Brief voller Empörung über mein durch und durch verbummeltes Leben gezwungenermaßen ein paar hunderttausend Mark vor die Füße geschmissen hatte und unmittelbar nach Fertigstellung des boshaften Briefes, in dem tatsächlich viele ihrer Verwünschungswörter Platz gefunden hatten, verstorben war. Mit einer gewissen Neugier beobachtete ich, wie sich dieses Geld ohne jedes Zutun schneckenhaft vermehrte, bis mir einer meiner neuen zwielichtigen Freunde, die einem in solchen Situationen zulaufen, den Rat gab, ich solle, wenn ich wirklich auf den Zufall setzen wolle, das gesamte Geld an die Börse bringen. Das Ergebnis dieser Operation, von meinem seltsamen Freund, den ich, wegen der verlangsamten Mechanik seines Körpers, den »Schleicher« nannte, durchgeführt, war, daß sich das schläfrige Geld nun blitzhaft zu bewegen schien und ohne jede Anstrengung meinerseits in einer Art elektronischen Ekstase dermaßen vermehrte, daß ich einschreiten mußte, um einerseits von den Geldflüssen nicht weggeschwemmt zu werden und andererseits sicher sein zu können, nicht auch noch den letzten Funken Hoffnung auf eine halbwegs gerechte Welt zu verlieren. Ich hatte weder einen Finger gekrümmt noch eine kluge Entscheidung getroffen, sondern war nur

durch eine verrückte Verkettung börsianischer Undurchsichtigkeiten zum stummen Empfänger einer nach meinen Vorstellungen riesigen Geldsumme geworden. Nachdem ich alle Bittsteller, die nach diesem Ereignis in reicher Zahl vorstellig geworden waren, mit gutem Geld versorgt hatte, übergab ich den immer noch ansehnlichen Rest der Bank, damit diese ihm wieder das alte Schneckentempo beibringen konnte.
Natürlich war ich glücklich, glimpflich davongekommen zu sein, denn man konnte jetzt täglich in der Zeitung nachlesen, welches Schicksal die mit mir zu offenbar noch größerem Reichtum gekommenen Spekulanten zu erleiden hatten: Sie mußten sich bei Fernsehanstalten und Fußballclubs einkaufen, mußten ihre Frauen verlassen und mit Schauspielerinnen auf Wohltätigkeitsfesten und Neujahrsempfängen auftauchen und wurden sogar gezwungen, sich öffentlich den verständlicherweise aufkommenden Fragen danach zu stellen, wie man ohne Arbeit zu Vermögen komme und warum nicht alle von dieser wunderbaren Geldvermehrung profitieren könnten. Wenn es tatsächlich einen Zusammenhang gibt zwischen der Erwerbssucht und dem Stand der Zivilisation, wenn nur die bis zum Unerträglichen gesteigerte Geldsucht einiger auf Kosten anderer allen Mitmenschen ein ruhiges Leben ermöglichte, dann wäre es vielleicht doch ratsam, auf eine frühere Stufe zurückzufallen. Oder war die gegenwärtige Organisation unserer Gesellschaft, die sich als optimistische Forschungsgesellschaft oder Problemvermeidungsgesellschaft in die Geschichtsbücher eintragen lassen wollte, besser als ihr Ruf, den sie bei mir hatte? War all dieses todesvergessene (und damit todessüchtige) Forschen nach den Grundlagen unserer Gat-

tung, wenn es nicht der bloßen Kapitalvermehrung diente, nicht nur und allein der lächerliche und vergebliche Versuch, dem großen Nichts einen Zentimeter Boden abzuhandeln? Bessere Menschen waren jedenfalls nicht zu erwarten, auch wenn man herausfinden sollte, welche unserer Gehirnzellen den Menschenverbesserungspotentialen vorbehalten waren. Und in jedem Falle gilt, daß in den fünfzig Jahren nach dem letzten großen Abschlachten, in diesen fünfzig Nachkriegsjahren die Fixierung auf den Feind nicht nachgelassen hatte. Gewalt- und Mordphantasien schossen ins Kraut. Rankiine und Zynismus waren gesellschaftsfähig geworden. Ein durch und durch solider Haß war allerorten zu spüren. Statt sich einer zerstreuten Melancholie hinzugeben und den Rest zu genießen, der noch übrig war, hatte man mit den Verteilungskämpfen begonnen. Und diese würden verheerend sein und mehr Opfer fordern als alle vorangegangenen Kriege zusammen. Warum machten die Menschen so viel Aufhebens von sich?

So etwa gingen mir die Gedanken durch den Kopf, wie ich da, in jenem wunderbaren Zwischenreich zwischen Schlafen und Wachen, Überdeutlichkeit und Verzweiflung, Unbeteiligtheit und Selbstmitleid, auf dem schneeweißen Sofa in einem von einem blühenden Garten umgebenen Haus in einem Hamburger Vorort lag, auf einen Jungen aufpaßte, der hoffentlich schlief, auf die Rückkehr einer mageren blonden Frau, seiner Mutter, wartete, die hoffentlich bald eintreffen würde, und das aggressive Telefongespräch mit einem mir ebenfalls unbekannten Mann zu verdrängen versuchte, der mir jetzt, wenn er seine Drohung wahr machte, eigentlich seine Aufwartung machen müßte. Und wie zum Zeichen dafür, daß

Verdrängtes doch einen Weg an die Oberfläche findet, war plötzlich ein lautes, klatschendes Schlagen zu hören, das von einer schemenhaften männlichen Gestalt herrührte, die mit beiden Händen gegen das gottlob einbruchsichere Panoramafenster schlug.

5

Ich nahm, sobald ich wieder einigermaßen bei mir war und der anfängliche Zustand der Bestürzung sich gelegt hatte, die Füße von der weißen Ledercouch und setzte mich ordentlich hin, wie meine Großmutter es von mir verlangt hatte, wenn ein Fremder die Stube betrat. Ich stellte die Füße nebeneinander, legte die Hände auf die Knie und schaute dem Mann zu, der im Garten stand und nun seine Bemühungen verdoppelte, mir Furcht und Zittern beizubringen. Ich fühlte mich ein wenig wie im Kino. Denn trotz all seiner Anstrengungen, größtmögliche Authentizität zu erreichen, blieb der Mann dennoch draußen, und mir, seinem zufälligen Opfer, war die Rolle zugewiesen, seine schauspielerischen Leistungen zu bewerten. Falsch an dieser Verteilung war lediglich der Umstand, daß ich im Hellen saß, so daß er, solange ich mich im Wohnzimmer aufhielt, die Bewegungen seines Opfers genau studieren konnte, während ich die Machenschaften des Henkers nur dann genau zu beurteilen in der Lage war, wenn er sein Gesicht nah an die Scheibe des Panoramafensters brachte. Mir war alles andere als wohl zumute, denn der wegen meiner Unbeweglichkeit immer zorniger werdende Mann war, wenn ich sein Gesicht richtig interpretierte, durchaus in der Lage, sich gegen das Fenster zu werfen, um mit dem Fenster zusammen in die gute Stube zu platzen. Noch allerdings stützte er sich nur mit beiden Händen an der

Scheibe ab, so daß sein mächtiger Kopf mit dem offenen Mund gut zu sehen war. Mach auf, du Bockwurst! schrie der Nemo, und jetzt war ich sicher, daß er identisch war mit dem Anrufer, der mich einen Neger genannt hatte. Ich war, trotz der Angst, die sich immer stärker bemerkbar machte, gespannt, welche Beleidigungen er noch auf Lager hatte.

Wo blieb die blonde Frau, meine Wirtin oder Gastgeberin? Warum riefen die Nachbarn, die den rasenden Grobian doch hören mußten, nicht die Polizei? Waren sie an solche Auftritte gewohnt? Und mußte ich nicht nach Marcel sehen, der in seinem Bett wahrscheinlich um sein Leben bangte?

Ich erhob mich. Um zur Tür zu kommen, mußte ich einen Schritt auf das Fenster zugehen, was in dem Mann offenbar die Hoffnung aufkeimen ließ, ich hätte mich endlich seiner Vorstellung von Vernunft gefügt, denn er federte sich noch einmal an der Scheibe ab und stand nun, aufrecht, mit hängenden Armen da. Er tat mir fast leid. Ich sah in sein rundes, unnatürlich gerötetes Gesicht, das mich wütend taxierte. Seinen wenigen hellen Haaren hatte er mit Gel zu einer Art Frisur verholfen, einem lockeren Nest, das über seinen Schädel gestülpt war, der Bart dagegen wucherte üppig zwischen Nase und Mund. Aus Gott weiß welchen Gründen hatte er die Ärmel seines leichten Jacketts bis zur Armbeuge hochgeschoben, so daß die tätowierten Unterarme und die riesigen Handschaufeln wie angesetzt aussahen, wie eingedreht. Sein Hemd trug er bis zur Brust offen, und in dem dunklen Dreieck prangte an einer schweren Goldkette ein massives Kreuz. Keine schöne Erscheinung insgesamt. Er sah eher aus wie ein zu Geld gekommener

Riesenradbetreiber, der sein Vermögen inzwischen mit dunklen Geschäften vermehrte und sich beständig darüber zu wundern schien, daß es nicht schneller wuchs. Also war er entschlossen, etwas nachzuhelfen. Er mußte selber anpacken. Die Ärmel hochkrempeln und mal richtig hinlangen. Und wenn auch das nicht half, mußte er böse werden. Dann beschimpfte er unschuldige Mitbürger als Neger und Bockwürste.

Aber was hatte dieser tätowierte Mann auf der Terrasse gerade dieses Hauses zu schaffen, wer hatte ihm die Erlaubnis gegeben, sich hier derart rüpelhaft in Szene zu setzen? Mit dem Zeigefinger machte ich ihm ein Zeichen, wie es Autofahrer tun, die einem anderen, auf einen freien Parkplatz wartenden Autofahrer bedeuten, daß er sich umsonst gefreut hat. Solange ich hier Wache schiebe, wirst du das Haus nicht betreten. Und er verstand sofort. Aber bevor mich seine Reaktion wieder in neue Angst versetzen konnte, löschte ich die Bogenlampe und verließ mit eiligen Schritten das Zimmer, ohne mich noch einmal umzudrehen.

Wie ein aufgeregter Einbrecher tappte ich die dunklen Wände entlang, einmal den Zwerg, einmal den Riesen spielend, bis ich endlich einen Lichtschalter fand, der den Eingangsbereich erhellte. Eingangsbereich, daß man sich solche Wörter überhaupt merkte? Dort lag die Küche, daneben die Toilette, deren Tür einen Spalt breit offenstand.

Und in der Mitte ging die Treppe nach oben, an deren Ende links das Gästebad lag. Von unten waren noch fünf weitere Türen zu sehen, friedlich geschlossen, trügerisch friedlich. Marcel, flüsterte ich so leise, daß er es bestimmt nicht hören konnte. Stufe um Stufe bewegte ich mich langsam nach oben, als müßte ich meine Füße aus einem klebrigen Schlamm ziehen. Die Treppe machte, wie es in den sechziger Jahren beliebt war, eine weiche Drehung, so daß man beim Emporsteigen die gute Gelegenheit hatte, den Bauch seiner Immobilie von allen Seiten betrachten zu können. Ich bekam Schwindelgefühle. Die albernen englischen Pferdestiche, die jeder Trödler anbot und die hier, mit sogenannten zierlichen Rähmchen versehen, völlig fehl am Platz waren, taten ein übriges, meine ohnedies angeschlagene Kondition noch zu verschlechtern. Ich sollte sie abnehmen und in den Müll werfen. Überhaupt würde ich, sollte ich mich länger in diesem Haus aufhalten müssen, einige Veränderungen vornehmen. Die Tapeten, damit würde ich beginnen. Weg mit ihnen. Dann die Lampen. Auch der Handlauf des Treppengeländers, an dem ich mich hochzog, eine vergoldete Schlange, wäre in einem Altmetallager besser aufgehoben als in diesem Haus. Weg mit den Türgriffen. Ich würde es mir wohnlich machen, und auch die Frau und Marcel würden davon profitieren. Warum lebten die Menschen in diesem Kitsch? War es nicht selbstverständlich, daß Menschen, die in einem solchen Kitsch lebten und schwere Goldkreuze an Ketten um den Hals trugen, früher oder später auf die schiefe Bahn geraten mußten? Wer Stiche von Pferden zum Hausschmuck erklärte, hatte schon bald Geweihe an den Wänden hängen, und wer es aushielt, sich täglich von ausgestopften Tieren anstarren zu lassen, war schon mit einem Bein im Gefängnis.

Ich war auf der letzten Stufe angekommen, vor mir die sechs Türen, von denen ich eine schon früher geöffnet hatte. Neben ihr lag sicher das Gästezimmer, denn wenn es ein Gästebad gab, sollte auch für ein Gästezimmer gesorgt sein. Wahrscheinlich also mein Zimmer, sollte ich bleiben. Um mir einen ersten Eindruck darüber zu verschaffen, wie ich in der nächsten Zeit leben würde, drückte ich langsam die Klinke herunter.

Marcel las. Er blickte mit dieser erschrocken fragenden Miene, die Lesern eigen ist, die an einer entscheidenden Stelle ihrer Lektüre gestört werden, auf den Eindringling. Verzeihung, sagte ich, zog mich aber nicht zurück. Und dann kam, wie gegen meinen Willen, die tölpelhafte Feststellung, auf die er wohl gewartet haben mußte: Du liest ja noch, sagte ich.

Ja, wie Sie sehen, antwortete er. Ich habe beschlossen, morgen erst zur dritten Stunde in die Schule zu gehen, also habe ich noch etwas Zeit. Sie können ab jetzt ja meine Entschuldigungen schreiben. Und dann kam die Frage, auf die ich schon gewartet hatte, wenn auch nicht in der von Marcel gebrauchten Formulierung: Ist meine Mutter halbwegs gesund zurückgekommen?

Ich wollte das Spiel der Fragen, die ohne Antwort blieben, nicht weiter fortsetzen, also gab ich die richtige Auskunft. Sie ist immer noch nicht zurück, sagte ich, dafür steht ein schrecklicher Mann im Garten, der mich Bockwurst genannt hat und eingelassen werden will.

Marcel lachte. Ihn schien die Vorstellung, daß aggressive Männer das Haus belagern, nicht besonders aufzuregen. Das ist wahrscheinlich Max, der Dieb, sagte er gutmütig, auf jeden Fall in einem Ton, den ich bisher von ihm noch nicht gehört hatte. Seit Großvater kürzlich ins Altenheim gezogen ist, sagte er, hat Max keinen mehr, den er mühelos beklauen kann, und will nun Geld von meiner Mutter. Er ist finster und elend, und ganz allein. Gut, daß Sie ihn nicht eingelassen haben, lobte er mich, er hätte sicher das halbe Haus ausgeräumt, wenn er nicht vorher eingeschlafen wäre. Er ist auch früher, als er noch Großvaters Leibwächter war, zu uns gekommen und hat die Reste aus den fast leeren Schnapsflaschen getrunken. Ich hab ihn ganz gerne, fügte er sachlich hinzu, bei Mutter bin ich mir nicht mehr so sicher, seit sie einmal von ihm zusammengeschlagen wurde.

Marcel bemerkte, wie sehr mich seine Erzählung (und die Art seines Erzählens) fesselte, denn er legte sein Buch, nachdem er ein Eselsohr eingeknickt hatte, beiseite, verschränkte die Arme hinter dem Kopf und gab mir durch eine zufriedene Miene zu verstehen, daß er gewillt war, mir weitere Einzelheiten aus seinem Familienleben zu entdecken. Da ein Stuhl in diesem Zimmer nicht zu sehen war, setzte ich mich auf die Bettkante. Die Einrichtung des Zimmers stand in deutlichem Gegensatz zu den anderen mir bekannten Räumen des Hauses. Außer dem Bett gab es nur noch eine Spanplatte, die auf Holzböcken lag und als Schreibtisch diente, während alle Dinge, die nicht darauf Platz fanden, auf dem Boden ruhen mußten: einige Taschenbücher, drei Steine, ein paar Federn, eine kleine Stereoanlage, ein paar Turnschuhe, die aussahen, als seien sie gestolpert. Über Marcels Kopf hing das einzige Bild, das in diesem kargen Zimmer geduldet wurde. Wenn ich richtig sehen konnte, war ein chinesischer Opiumraucher abgebildet, der seltsam verrenkt auf einer Pritsche lag und an seiner Pfeife sog.

Erzähl mir etwas von eurem Großvater, sagte ich onkelhaft, aber dann mußt du schlafen, bevor deine Mutter nach Haus kommt.

Wenn sie überhaupt kommt, brummte Marcel.

Es war jetzt Mitternacht, in fünf Minuten wollte ich wieder unten sein, um die Mutter gegen Max, den Dieb, zu verteidigen. Aber vorher mußte mir Marcel ein paar Hinweise für die »psychologische Kriegsführung« gegen den Tätowierten verraten, damit ich nicht ins offene Messer liefe.

Marcels Großvater war vor einigen Jahren aus Argentinien heimgekehrt, wohin er bei Kriegsende geflüchtet war. Ausgerechnet Argentinien, dachte ich, vielleicht kann er mir bei meinen Forschungen über die Indianerreduktionen helfen. Mein Großvater war früher Nazi, sagte Marcel, nun wieder in diesem sachlichen Ton, als wüßte er, was er sagte. Erst Nazi in Deutschland, später Kaufmann in Argentinien. Viehhändler. Meine Mutter ist in Buenos Aires geboren, aber später hier in Hamburg zur Schule gegangen. Vor ein paar Jahren, nachdem meine Großmutter tot war, hat sich Großvater wieder nach Hamburg getraut. Er hatte Angst vor ihr, sagt meine Mutter. Wenn du noch einmal einen Fuß auf deutschen Boden setzt, zeige ich dich an, soll sie gesagt haben. Aber als sie tot war, tauchte er hier auf. Er besitzt ein paar Nachtlokale und ein Hotel in der Nähe des Hauptbahnhofs. Oder genauer: Er besaß sie. Jetzt ist alles verkauft.

Marcel, den Kopf auf dem Kissen und die Augen halb geschlossen, erzählte und erzählte. Aus dem stummen, verstockten Kind, das mich noch vor wenigen Stunden mit peinlicher Herablassung behandelt hatte, floß der Strom der Erzählung über den Großvater, und was er sagte, war immer kindlich und klug, kindlich und weise, kindlich und abgebrüht, als wäre er ein erwachsenes Kind und nicht der Schulbub, der in wenigen Stunden aufstehen und zum Unterricht gehen mußte.

Mir lag ständig ein Einwurf auf der Zunge, eine unterbrechende Frage, aber ich hatte Angst, seine Erzählung aufzuhalten.

Auf eine unheimliche Weise hielt er sich bei den Augen des Großvaters auf, die er, zusammengefaßt, als schrecklich bezeichnete. Während der offenbar seltsam eigenwillige Mann bei aller Fremdheit, die von ihm ausgehen mußte, mit wohlwollender Zuneigung beschrieben wurde, mit einem fast naiven Stolz, so machten alle Worte, die er für dessen Augen fand, aus dem Mann ein Monstrum. Jedenfalls war offenbar nur Max in der Lage, diesen stechenden Blick auszuhalten, also wurde Max der Diener und Leibwächter des Großvaters. Mit befremdender Selbstsicherheit charakterisierte der Junge das sinistre Paar. Natürlich gehorchte das Verhältnis dem bekannten Schema, natürlich enthielt es die üblichen Abweichungen von der Herr-und-Knecht-Geschichte, aber wie Marcel erzählte, mit welcher Genauigkeit und unbarmherzigen Kälte, das verschlug mir die Sprache. Marcel wußte die Wirkung seiner Erzählung sehr genau abzuschätzen. Wann immer ich einen Ausruf tat, um meine Verwunderung oder Verblüffung zu zeigen, huschte ein zustimmendes Lächeln über sein Gesicht.

Der Großvater und Max lebten also zusammen in einer Villa in Blankenese, Max in einer Einliegerwohnung, so daß ein eigenes Leben außerhalb des Gesichtskreises, den die schrecklichen Augen des Großvaters kontrollierten, möglich war. Max war Sekretär, Diener, Leibwächter und wohl auch Koch in einer Person, eine Frau hatte Marcel in jenem Haus nie gesehen. Angeblich wußte der Großvater, daß Max ihn nach Strich und Faden betrog. Die Abrechnungen stimmten nicht, die Rechnungen der

Handwerker waren manipuliert, es fehlte ständig Geld aus der Haushaltskasse, und der Großvater nahm sogar an, daß Max seine Brieftasche plünderte, goldene Manschettenknöpfe versetzte und Stücke aus der Kunstsammlung (Bilder, Porzellan und indianische Kunst) verhökerte, die der Großvater dann für teures Geld zurückkaufen mußte. Aber er sagte keinen Ton. Eingehüllt in eine starre, schweigende Hülle, ließ er sich von Max zum Frühstück ins Atlantic fahren, zu einer Auktion, zu Einkäufen, in die Oper, sogar ins Theater. Der Alte saß im Fond seines Bentley, sein Gesicht eine einzige Herausforderung. Und neben ihm saß immer sein Hund. Nur der Großvater und Max, der Dieb, durften sich in der Nähe des Hundes aufhalten. Besuchte man den Großvater, was selten genug geschah, dann mußten langwierige Vorkehrungen getroffen werden, den Hund zur Ruhe zu bringen, dessen rasselndes Bellen eine normale Unterhaltung unmöglich machte. Man sollte das Vieh vergiften, hatte die Mutter, in Anwesenheit des Großvaters, empfohlen, was zur Folge hatte, daß der Hund auch in beruhigtem Zustand nicht mehr in ihre Nähe gelassen wurde.

Alle kannten den Großvater, Politiker, Künstler, Zeitungsleute, jeder wollte (und bekam) etwas von ihm, Freunde hatte er nicht. Nur Max, der Dieb, hielt es in seiner Nähe aus. Und obwohl die kriecherische Unterwürfigkeit, mit der Max, der sonst alle Welt pöbelhaft und verletzend traktierte, sich dem Großvater näherte, diesem auf die Nerven gegangen ist, hielt er zu ihm.

Und dann verfiel der Großvater, wie ein altes Haus stürzte er langsam zusammen. Gicht- und Rheumaanfälle, Operationen, Seh- und Hörschwierigkeiten.

Max, der Dieb, der Besitzer der physischen Macht, sah seine Stunde gekommen. Er schob den Großvater in einem Rollstuhl durchs Haus, fütterte ihn, wenn die rheumatischen Schübe anhielten, wusch ihn und trug ihn ins Bett. Er schlief nicht mehr in seiner Einliegerwohnung, sondern in einem Vorzimmer des Schlafzimmers des Großvaters, um ihm nachts beistehen zu können. Da Max ein schwerer Trinker war, machte Marcels Mutter den Vorschlag, eine Krankenschwester und eine Köchin einzustellen, aber alle Versuche in dieser Richtung scheiterten an dem Hund, der keine anderen Personen im Hause dulden wollte. Vor zwei Wochen, nach einem Besuch der Mutter, hatte sich der Großvater, ohne Max, den Dieb, zu informieren, von einer Minute auf die andere dazu entschlossen, in ein Altenheim zu gehen, ein Pflegeheim für reiche Leute. Der Restaurationsbetrieb und das Hotel wurden einem Makler zum Verkauf übergeben, der Hund mußte – trotz der Bitten von Max, ihn behalten zu dürfen – in ein Tierheim übersiedeln (wo er wahrscheinlich eingeschläfert worden war wegen schlechten Benehmens), das Haus wurde verkauft, der Inhalt des Hauses, besonders die Kunstsammlung, versteigert. Max, der Dieb, wurde mit einer stattlichen Abfindung entlassen. Da der Großvater ihm seine neue Adresse vorenthalten hatte und der Anwalt sich auch durch Drohungen nicht einschüchtern ließ, sie herauszurücken, und da schließlich auch das Tierheim, in dem nun der Hund lebte (oder nicht mehr lebte), anonym blieb, verlor Max, der Dieb, jeden sozialen Halt. Er soff. Der Großvater hatte ihm eine Wohnung gekauft, in der er von morgens bis abends soff, und wenn er sich dann manchmal noch auf den Beinen halten konnte, kam er

zu Marcels Mutter gewankt, um die Adresse des Großvaters aus ihr herausholen und manchmal eben auch herausprügeln zu wollen. Ich glaube, sagte Marcel, er würde, wenn er ihn fände, den Großvater, der ihm dieses Leid angetan hat, totschlagen, um einen ordentlichen Schlußstrich zu ziehen. Denn so kann er nicht weiterleben. Er säuft sich zu Tode. Solange er aber glaubt, daß Großvater und der Hund noch am Leben sind, bringt er sich nicht um. Er wartet auf seine letzte Chance.
Es war inzwischen halb zwei geworden. Marcel blickte, nachdem seine Erzählung an ein Ende gekommen war, mit großen leeren blauen Augen zur Decke, und mir schien, der ich inzwischen ganz und gar steif auf der Bettkante hockte, daß er ins Nichts schaute.
Und dann war er eingeschlafen. Wie entlastet von einer langen Erzählung, war sein Gesicht leer und friedlich geworden. Jetzt lag ein Kind in seinem Bett, das seinen Kopf in die flache Hand schmiegte, und kein Zuruf aus der Gegenwart konnte es mehr erreichen. Ich löschte vorsichtig das Licht, rollte mich am Fußende zusammen wie eine Katze und merkte, wie ich selbst unaufhaltsam in den Schlaf gezogen wurde. Eine Frage zuckte mir noch durch den Kopf, die sich nicht abschütteln ließ und die mich wahrscheinlich in den nächsten Tagen in Schlaf und Traum begleiten würde. Als Marcel den Großvater das letzte Mal sah, hatte ihn dieser gefragt, wo er denn begraben werden wolle. Das weiß ich nicht, Großvater, hatte Marcel geantwortet, ich habe noch nie darüber nachgedacht. Und Sie, hatte mich Marcel gefragt, wissen Sie, wo Sie begraben werden möchten?

6

Ich wollte nicht aufwachen. Ein Traum hielt mich gefangen, in dem es um nichts Geringeres als den Weltuntergang ging, den drei Herren und ein Kind mit großer Ernsthaftigkeit besprachen. Es ging um die Frage, ob damit ein Verlust zu beklagen sei. Einer der Herren war ich, und mir war die Rolle des Hasenfußes zugedacht, der mit immer neuen Argumenten die Würde und Schönheit der Welt verteidigte, ohne die beiden anderen davon überzeugen zu können. Meine Rede war weinerlich und bittend, ich hatte Tränen in den Augen. Einer meiner Gegenspieler, ein Ausbund an Schärfe und Intelligenz, versammelte mit märchenhafter Schnelligkeit alle Argumente, die für ein rasches Verschwinden der Zivilisation sprachen. Er redete weder moralisch noch unmoralisch, eher wie einer, der es aufgegeben hat, bis in alle Ewigkeit sich Gegenargumente anhören zu müssen, wenn das Faktum selber vor aller Augen lag. Sie sehen die Risse, sagte er, sie sind nicht zu kitten. Er erinnerte mich an den Typus von Menschen, die im Fernsehen nach einem Erdbeben mit unbewegter Miene die Zahl der Toten bekanntgeben. Der Dritte im Bunde, ein schmächtiges Kerlchen mit einer altmodischen Ballonmütze auf dem Kopf, wie ich früher einmal eine getragen habe, versuchte auf täppische Weise zu vermitteln. Es ist falsch, die Angst vor dem Neuen zu bagatellisieren, krächzte er wichtigtuerisch und zeichnete mit dem Finger sonder-

bare Zeichen auf den Tisch. Wir müssen unser Schicksal annehmen, denn nur, wenn wir uns ihm unterwerfen, haben wir eine Chance durchzukommen. Alle drei Typen waren mir bekannt, auch mich selber erkannte ich im Traum sofort, gar nicht zu reden von den Reden und Widerreden, die mir bis in seltsame Wortzusammenstellungen vertraut vorkamen. Ein großer und ganzer Verlust. Wir debattierten im Freien, bei Sonnenuntergang, der Mann mit der Ballonmütze hatte sein Hemd ausgezogen und über eine Stuhllehne gelegt. Über uns kreiste ein Bussardpärchen in weiten Schwüngen. Das Kind, das ich gut zu kennen schien, lief beständig hinter unseren Rücken von einem zum andern und flüsterte uns etwas ins Ohr. Ich war nun schon fast wach und dabei, mir einige der Einflüsterungen ins Gedächtnis zurückzurufen, die mir im Traum als die bedeutsamsten Botschaften vorgekommen waren, als ich endlich begriff, daß heftig und unerbittlich an meinem Körper gezupft und gezogen wurde. Und als wolle sie mir helfen, ohne großen Schrecken aus meinem Traum in die Realität zu kommen, flüsterte die blonde Frau mir beständig ins Ohr: Aufstehen, wachen Sie auf, bevor der Junge aufwacht.
Mißmutig tappte ich hinter ihr in die Küche, wo ich mich sofort auf einen der weißen Stühle fallen ließ. Sie lehnte sich mit dem Rücken an den Spültisch und stützte beide Hände seitwärts auf die Metallkante. Elend sah sie aus, formlos trotz ihrer Magerkeit, das Gesicht stark gerötet. Eine deutliche Veränderung: Weggegangen war eine selbstbewußte, herrisch auftretende, die Welt überschauende Frau, zurückgekommen war ein armseliges, verlassenes Bündel.
Hoffentlich haben wir das Kind nicht geweckt, brum-

melte ich vor mich hin, ohne sie anzusehen, ich war ja froh, daß es endlich eingeschlafen war.
Sie sagte nichts. Sie schaute nur stumpf auf ihre Schuhspitzen, die akkurat parallel nebeneinanderstanden, als hätten sie vor einer unüberschreitbaren Linie haltgemacht.
Ein Mann war da und hat wie nicht gescheit gegen das Fenster geschlagen, sagte ich. Er wollte Sie sprechen, ich habe aber nicht geöffnet.
Max, sagte sie. Er ist immer besoffen und schlägt schnell zu. Er will mich erpressen, hat aber nichts in der Hand.
Über ihr an der Wand hing eine große runde Küchenuhr, deren kleiner Zeiger nach jeder Minute ein Stück weiterhüpfte. Er hat sechzig Sekunden Zeit, Anlauf zu nehmen, dann hüpft er einen halben Zentimeter, dachte ich. Irgendwie lächerlich.
Sind Sie mit Max befreundet? fragte ich nun, weil sie unbewegt dastand, daß ich denken mußte, sie wartete auf Fragen.
Er hat ein paarmal bei mir geschlafen, sagte sie vage, wenn mein Vater auf Reisen war.
Ich stand auf, drückte mich vorbei an ihr, die sich nicht von der Stelle rührte, und holte eine Flasche Mineralwasser aus der Speisekammer. Ihren Kleidern entströmte ein schwerer Geruch nach Zigarettenrauch.
Lebt Ihr Vater noch? fragte ich. Ich wollte ausprobieren, in welchem Gang ich weiterbohren sollte, um sie zum Sprechen zu bringen, denn es war handgreiflich zu spüren, daß sie sprechen wollte. Es war kurz vor drei. Die Majolika-Kacheln unter meinen nackten Füßen schienen immer kälter zu werden, so daß ich abwechselnd einen Fuß auf den anderen setzte.

Mein Vater ist ein Zerstörer, sagte sie plötzlich, ein systematischer Zerstörer. Erst hat er meine Mutter vernichtet, dann meinen Mann, dann mich. Von Kreaturen wie Max ganz zu schweigen. Jetzt ist er dabei, sich selber zu zerstören, als Krönung seines Lebenswerkes. Auch das wird ihm gelingen. Ich hoffe nur, daß er sich nicht auch noch an Marcel vergreift, der ihm am ähnlichsten ist.
Ich trank ein ganzes Glas Wasser aus, um diesen gewaltigen Brocken eines Geständnisses herunterzukriegen, und sah sie dann schweigend an. Sie weinte. Plötzlich tropften ihr dicke Tränen aus den Augenwinkeln und liefen wie in Zeitlupe über ihr Gesicht. Sie sah jetzt milde aus und durchsichtig, obwohl ihr Mund wie bei einer Greisin zuckte. Wie alt mochte sie sein? Vierzig? Vielleicht sollte ich jetzt gehen, dachte ich und machte einen linkischen Versuch, mich zu erheben. Als wollte sie mich daran hindern, sie zu verlassen, rutschte die Frau in dem Moment mit einem schabenden Geräusch zu Boden, die Beine nach vorn gestreckt, und blieb in dieser Haltung vor mir sitzen. Sie hielt den Kopf auf die Brust gesenkt und sabberte und wimmerte vor sich hin. Mir selbst war vor Müdigkeit kotzübel, aber ich raffte alle meine Kräfte zusammen und kniete mich neben sie, hob ihren Kopf an und sprach beruhigend auf sie ein. Sie müssen jetzt schlafen, sagte ich, alles wird gut, ich werde bei Ihnen bleiben. Wie leicht sie war! Ich trug sie wie ein frischgebackener Ehemann seine weinende Braut die Treppe hoch und in das letzte Zimmer, das tatsächlich ihr Schlafzimmer war. Es wurde von einer Straßenlaterne ein wenig erleuchtet, so daß ich mich einigermaßen zurechtfand. Als ich sie hinstellte, merkte ich, daß mein Hemd dort, wo ihr Kopf gelegen hatte, durchweicht war.

In diesem Haus wird es ja sicher ein weiteres Hemd geben, ging mir durch den Kopf, an Hemden ist sicherlich kein Mangel. Was nun? Sie machte keine Bewegung, sagte nichts, schwankte nur leicht im Rhythmus ihrer Seufzer. Mit einer schlappen Geste führte sie ihre rechte Hand an ihre Bluse und versuchte einen Knopf zu öffnen. Vergebens. Ich half ihr, was keine Kleinigkeit war, und nach einer guten Weile hatte ich sie vollständig entkleidet. Sie sah sehr schön aus, wie sie da im gelblichen Licht der Straßenlaterne in ihrem Kleiderhaufen stand. Schaumgeborene Venus, weinend. Vielleicht hatte sie Drogen genommen? Ich umfaßte ihre Hüfte, weil ich Angst hatte, daß sie wieder zusammenfiel, und führte sie zu ihrem Ehebett, stellte sie ordentlich hin und ließ sie dann in die Waagerechte gleiten.
Ich kann nicht behaupten, daß ich ganz und gar unbeteiligt war. Mein Puls raste, als sie endlich in ihrem Bett lag, die Beine anwinkelte und beide Hände zwischen ihre Oberschenkel drehte, als sei ihr kalt. Ein Kind. Und ich wollte auf keinen Fall der böse Vater sein. Also riß ich mich zusammen, um auf Zehenspitzen das Zimmer zu verlassen, als ich plötzlich ihre Stimme hörte. Gehen Sie nicht, murmelte sie, bleiben Sie bitte bei mir.

7

Marcel weckte mich. Er hatte die Arme auf das Bettgestell gestemmt und mit seinen Turnschuhen so lange gegen das Bett getreten, bis ich die Augen öffnete. Öffnen mußte. Seine Mutter, die mich, weil sie selbst wach geworden war, gegen sechs geweckt hatte, um mir eine geschlagene Stunde lang atemlos ihre gleichermaßen verrückte wie unverständliche Familiengeschichte ins Ohr zu flüstern, war an einer der spannenden Stellen dieser an Spannung unüberbietbaren Saga wieder eingeschlafen.

Ich gehe jetzt in die Schule, sagte Marcel, dem die ungekämmten Haare wie ein Strahlenkranz vom Kopf abstanden. Sagen Sie meiner Mutter, daß der Großvater am Nachmittag kommt und die Papiere holen will. Er hat gerade angerufen. Ich habe ihn schon von der neuen Situation unterrichtet.

Ich wollte etwas erwidern, wurde aber von der Hand der blonden Frau daran gehindert, die sie mir schläfrig über den Mund legte. Also zuckte ich nur mit den Augenbrauen.

Okay, sagte Marcel, stieß sich von der Betteinfassung ab, hob zum Abschied zwei Finger an eine nicht vorhandene Mütze und schlurfte hinaus, ohne die Tür zu schließen. Wenig später hörte ich die Haustür ins Schloß fallen.

Jetzt war ich zum ersten Mal mit der blonden Frau allein im Haus. In diesen Minuten mußte der erste Vortrag im Congress-Centrum, »Die Altersstrukturen der deutschen Bibliothekare im Verhältnis zu den Anforderungen der Internetgesellschaft«, der naturgemäß die größte Aufmerksamkeit beanspruchen durfte, ohne meine Anwesenheit beginnen. Ich würde ihn nachlesen müssen, um mein eher kulturkritisch angelegtes Referat für die Zeitung mit ein paar handfesten Fakten zu unterfüttern. Auf diese Weise könnte ich die gängige Vorstellung von Bibliothekaren als alten, spinnwebenhaft versponnenen Menschen erschüttern und eine Generation vorstellen, die zwar noch in der Bildungstradition erzogen worden war, ihre Fühler aber bereits weit in die Zukunft ausstreckte. Als geheimes, nicht zu erwähnendes Vorbild galt mir eine Bibliothekarin in Nürnberg, die mir aus dem Fundus ihrer Schätze seltene Bücher und sogar Handschriften, die ausschließlich dem Lesesaal vorbehalten waren, zum Studium nach Hause brachte, wo ich sie, während die Bibliothekarin auf meinem Sofa moderne Romane las und meinen Rotwein trank, in aller Ruhe studieren konnte. Sie hatte die seltensten Dokumente über die jesuitischen Reduktionen aufgetrieben, zum Teil bebilderte Handschriften, die mir zum ersten Mal vor Augen führten, wie diese Siedlungen angelegt waren, welche Kleider die Indianer getragen hatten und wie man sich die Urbarmachung und Bearbeitung des dem Urwald abgerungenen Bodens vorstellen konnte. Während sie las und trank und Unmengen Salzstangen und Kartoffelchips in sich hineinstopfte, machte ich mir Exzerpte und Skizzen. Da sie eine sowohl lesewütige wie trinkfeste Person ist, verließ sie mich häufig erst am nächsten Morgen, nachdem sie ausführlich gebadet und ein Frühstück zu sich genommen hatte. So hat sie sich in

den zwei Jahren, die ich sie genauer kenne, eine solide Kenntnis der deutschen Gegenwartsliteratur erworben, ich dagegen habe meine anfänglich nur sehr lückenhaften Kenntnisse über die Jesuitische »Verschwörung« in Südamerika so weit ausgebaut, daß ich heute in den deutschsprachigen Ländern als einer der wenigen Forscher auf diesem Gebiet gelten kann. Gewiß fehlte mir noch der eine oder andere Beleg darüber, mit welch infamen Intrigen die spanischen Behörden im Verbund mit Rom diese einzigartigen Kommunen zerstören ließen, aber ich war gewiß, daß die internetgeschickte, die internetsüchtige Bibliothekarin mir auch diese noch beibringen würde. Ihr Eifer, mir helfen zu wollen, ging so weit, daß sie oft tagelang ihre eigene Wohnung nicht mehr betrat, weil sie Abend für Abend nach der Arbeit mit neuen Schätzen zu mir kam und ich dafür gesorgt hatte, daß sie stets etwas Reinliches zum Anziehen für den nächsten Tag in meinem Kleiderschrank finden konnte. Für den Fall, daß sie mich nicht zu Hause antraf, hatte ich ihr einen Zweitschlüssel für die Wohnung besorgt, den sie gerne annahm. Manchmal dachte ich mit Schrecken daran, was werden würde, wenn ich nach Abschluß des Aktenstudiums mit der Niederschrift meiner Arbeit beginnen würde, aber sie hatte noch andere Kunden und einen Ehemann, der sich als freier Handelsvertreter der Pensionsgrenze näherte und damit der Arbeitsmaterialbeschaffung für freie Forscher durch seine Frau ein natürliches Ende machen würde.
Die blonde Frau schlief fest in meinen Armen, an Lektüre oder Schreiben war nicht zu denken. Ich hatte ausreichend Zeit, die Familiengeschichte zu rekapitulieren, die sie mir im Morgengrauen anvertraut hatte. Der Va-

ter, ein ranghoher Offizier, der dem Außenministerium unterstellt war, hatte sich unmittelbar vor dem Ende des Krieges nach Argentinien abgesetzt, wo er unter einem angenommenen Namen einen kleinen Pharmabetrieb aufgebaut hatte, den er, als die Zeiten in Deutschland sich wieder besserten, an einen deutschen Konzern verkauft hatte. Er behielt eine Minderheit des Aktienkapitals und blieb Direktor, bis eine weitere von ihm gegründete Firma imstande war, die in der Stammfirma entwickelten und produzierten Arzneimittel selbst herzustellen und für einen Bruchteil des ursprünglichen Abgabepreises abzugeben. Auf diese Weise erwirtschaftete er, der inzwischen auch riesige Ländereien für eine einträgliche Viehzucht gekauft hatte, ein stattliches Vermögen, das es ihm erlaubte, über Mittelsmänner wieder mit seinen alten Kameraden in Deutschland in Kontakt zu treten und hier Fuß zu fassen, bis man ihm nach endlosen Prozessen seinen Schwindel nachweisen konnte. Der Fall hatte in Deutschland angeblich deshalb keine Schlagzeilen gemacht, weil, wie die Frau sich ausdrückte, höchste Kreise in Wirtschaft, Politik und Justiz ein Interesse daran hatten, ihre eigene Verwicklung nicht auffliegen zu lassen. Diese angeblich höchsten Kreise – ich hatte lachen müssen, weil das spitzmündige »höchste« mich heftig am Ohr gekitzelt hatte – waren wenig erfreut, als der Vater sich plötzlich entschloß, wieder nach Deutschland zurückzukehren, um in dem Kreis seiner inzwischen alt gewordenen Kumpane den Lebensabend zu verbringen. Er scheute die Auseinandersetzung nicht, er war reich und unabhängig. Und weil er in Argentinien eine bedeutende Kunstsammlung zusammengekauft hatte, ging auch die nächste Generation bei ihm aus und ein. Aber er liebte die Deutschen nicht mehr, er fand sie stillos und kriecherisch. Um die Hamburger Gesellschaft zu provozieren, kaufte er einige als Hotels getarnte Absteigen und üble Kneipen, in denen er nachts mit seinem Leibwächter persönlich das Geld abkassierte, das er am nächsten Tag irgendwelchen sozialen Einrichtungen spendete. Sein einziger Freund war sein Hund, der im Auto neben dem Leibwächter sitzen durfte, eine riesige Töle.

So etwa ging die Rahmengeschichte, die ich als bizarre, aber nicht ungewöhnliche Episode aus dem Wirtschaftsleben der Nachkriegszeit aufgenommen hätte, wenn in ihr nicht eine persönliche Tragödie verkapselt gewesen wäre, die meine Gastgeberin unmittelbar betraf. Ihre Mutter, Tochter einer Hamburger Handelsdynastie, hatte Hand an sich gelegt, weil der Vater sich in eine rauschgiftsüchtige Italienerin verliebt hatte, die in Buenos Aires, wiederum in den höchsten Kreisen, für Aufsehen sorgte. Nachdem sie in einen Mordfall verwickelt gewesen war, hatte der Vater sie außer Landes geschafft. Angeblich war sie Ethnologin, aber das war nur eine der vielen Legenden, die im Umlauf waren. Die Mutter war tot, die Geliebte irgendwo im Urwald verschwunden, der Vater mußte sich ein neues Opfer suchen und fand es in dem ersten Mann der blonden Frau, einem Chemiker aus Heidelberg, der im Werk des Vaters arbeitete. Als die Machenschaften des Vaters aufflogen und der Prozeß gegen ihn auf der Kippe stand, rückte der Alte den Schwiegersohn in den Mittelpunkt der Auseinandersetzung und behauptete, wenn es Unkorrektheiten bei der Herstellung von Arzneimitteln gegeben hätte, dann wäre dafür der Chemiker verantwortlich, nicht der Kaufmann.

Mein Mann, sagte sie, hat sich kurz nach der Geburt von Marcel vergiftet. Aber er habe ihr, kurz vor seinem Ableben, noch einige Papiere übergeben, die zweifelsfrei den Vater als den einzig Schuldigen auswiesen. Diese Papiere verschafften ihr, sagte sie, ein sorgenfreies Leben, denn der Vater würde bis zu seinem Lebensende für alle ihre Aufwendungen aufkommen müssen. Nur dürften andere Männer nicht in ihre Nähe kommen, weil er Angst hätte, sie, die Tochter, könnte ihr Geheimnis mit ihnen teilen. Eine zweite Ehe wurde unmittelbar nach der Schließung wieder geschieden, nachdem ihr Gemahl mit Max, dem Dieb, zusammengeraten war. Es folgten Liebschaften, zum Teil aus dem Milieu, von kurzer Dauer, Urlaubsbekanntschaften auf den Ferieninseln Sylt und Mallorca, alle nicht der Rede wert. Nun aber hatte sich der Vater entschlossen, in ein geheimgehaltenes Altenpflegeheim zu übersiedeln, nicht zuletzt, um den sich häufenden Anschlägen von Max zu entgehen, der ihn nach Strich und Faden ausgeraubt hatte. Er wußte, daß sie die Papiere verwahrte, aber er wußte nicht, wo. Und da er, wie er behauptete, ein Mann der Ehre sei, wollte er die Papiere vor seinem Tod in seinen Besitz bringen und vernichten.
Erschöpft von der Erzählung dieser Räuberpistole, war sie mit dem gehauchten Wort »Erpressung« wieder eingeschlafen. Und weil mir bei ihrem vielgliedrigen Zangengriff keinerlei Bewegungsfreiheit blieb, muß ich bis zum Eintritt von Marcel in das mütterliche Schlafzimmer ebenfalls geschlafen haben.
Nun aber, bei wachem Bewußtsein und nach der Ankündigung des Besuchs des Großvaters, bereitete mir die Anwesenheit der für mich immer noch namenlosen Frau einige Sorgen. Es ging auf zehn Uhr. Um elf wollte ich

verabredungsgemäß zwei mir von meiner Bibliothekarin genannte Forschungseinrichtungen anrufen, um mir für den Nachmittag etliche Dokumente zurechtlegen zu lassen, die nur hier in Hamburg unter Aufsicht eingesehen werden durften, bis zwölf mußte ich meinen Kommentar durchgegeben haben, der vor dem eigentlichen Bericht im Blatt stehen sollte, auf der ersten Seite, und als eine Art kulturtheoretische Überlegung zum Stand des Buches und der Bibliotheken gedacht war, um zwei wollte ich den Vortrag eines bayerischen Bibliothekars nicht vermissen, der aus lokalpatriotischen Gründen in meinem Text genannt werden mußte, und zwischendurch wollte ich, falls ich in diesem Haus zu bleiben beabsichtigte, meinen Koffer und die neuerworbene Hamann-Ausgabe aus meinem nicht frequentierten Hotel holen, da ich Angst hatte, daß man mein Gepäck bei Nichtbenutzung entsorgen könnte. Ein volles Programm, das nur bei strenger Disziplin einzuhalten war. Ich löste mich also so vorsichtig wie nur möglich aus der Umklammerung, aber nicht vorsichtig genug.
Ich muß leider aufstehen, sagte ich zu der müde blinzelnden Frau, die nun grau und übernächtigt zuschaute, wie ich ihre Gliedmaßen, eine nach der anderen, von meinem Körper wegdrehte. Keine Gegenwehr, nur ein abgekämpftes Lächeln in ihrem verklebten Gesicht. Mein Gott, was für eine Müdigkeit in einem Menschen stekken kann. Verglichen mit der Person, die ich einen Tag zuvor kennengelernt hatte, war die Liegende nur noch ein Schatten, ein blasser, verschwimmender Hauch. Ich wagte kaum, mit meinem Kleiderhaufen das Zimmer zu verlassen, weil ich fürchtete, daß sie sich einfach auflösen könnte. Ihre Haare lagen wie eine verrutschte Pe-

rücke auf dem zerknautschten Kopfkissen, und ein Bein, das den warmen Schutz der Decke verlassen hatte, hing wie ein fremdes Teil über den Rand des Bettes hinaus. Bis gleich, sagte ich verlegen und verschwand in dem mir vertrauten Gästebad, wo ich in den verspiegelten Wandschränken gottlob alle Utensilien fand, die ich zur Morgentoilette brauchte. Zur Rasur ließ ich mich erschöpft auf dem Toilettenrand nieder. Es war mir immer ein Rätsel geblieben, daß einige Männer, zu denen ich gehörte, sich ohne Spiegel rasieren konnten, ohne sich zu schneiden, während andere, wie einer meiner Kollegen aus dem Feuilleton, trotz Spiegels jeden Morgen mit furchtbaren Verwüstungen auf die Straße traten. Irgendein verborgener Reflex hinderte sie daran, ihr wahres Gesicht zu zeigen. Mein Kollege zum Beispiel setzte alles daran, aus immer anderen Schnitten zu bluten, so daß man ihn tatsächlich oft nur an seinem Gang erkennen konnte, weil sein Gesicht an zentralen Stellen mit Watte und Pflastern verziert war.

Während ich mich rasierte, betrat, jetzt mit einer Art Unterhemd bekleidet, die Frau das Badezimmer und setzte sich auf meine unbedeckten Oberschenkel. Ich mußte mich mit links weiter rasieren, weil links von der Toilette das Waschbecken mit dem laufenden Wasserhahn war, auch wenn von einer ordentlichen Rasur nun nicht mehr die Rede sein konnte. Hoffentlich schneide ich mich nicht, ging es mir durch den Kopf, als die Frau, ihren Kopf an meinen Hals gelegt, murmelte: Passen Sie auf, daß Sie sich nicht schneiden. Diese seltsame Übereinstimmung unserer Gedanken stimmte mich nachdenklich, verringerte jedoch sofort meine Sorgen. Wenn sie jetzt noch ein weiteres Hemd aus ihren Beständen freigibt, dachte ich, kann der Tag beginnen, und wie zur Bestätigung unserer synchronen Gedanken erhob sie sich, um mir ein neues Hemd zu bringen, damit ich, wie sie sagte, nicht so aussähe, als hätte sich eine Frau an meiner Brust ausgeweint.

8

Ich gehöre nicht zu den Menschen, die sich gerne in fremden Wohnungen aufhalten. Aber es ist mir vollkommen unmöglich, in fremden Wohnungen zu arbeiten. Die Vorstellung, in einem Zimmer, dessen eigentliche Bewohner einen vertrauten Umgang mit den anwesenden Dingen haben, einen vernünftigen Satz schreiben zu sollen, läßt alle Ideen sofort verfliegen. Dagegen halte ich mich mit großer innerer Zufriedenheit in Hotelzimmern auf, so schäbig sie auch sein mögen. Während in fremden Wohnungen die dort gespeicherten Stimmen sich sofort in meine eigenen Worte mischen und sie verwirren, halten sie sich in Hotelzimmern auf diskrete Weise zurück. Am konzentriertesten kann ich in südlichen Hotelzimmern arbeiten, barfuß, bei geöffnetem Fenster, und dann ist es mir nur angenehm, wenn von draußen die Geräusche der Straße hereindringen, die mich zu Hause verzweifeln lassen.
Jetzt aber gab es mysteriöserweise keine Schwierigkeiten, an dem kleinen Küchentisch meine Gedanken zu ordnen. Ich hatte im Institut für Hispanistik angerufen und einen Termin für vierzehn Uhr ausgemacht, und der überaus freundliche Professor war, nachdem ich ihm den Namen meiner Bibliothekarin aus Nürnberg genannt hatte, sofort bereit gewesen, mir die Unterlagen in einem ruhigen Zimmer zur Einsicht auszulegen. Während ich mit ihm sprach, war die Frau in ihrem zuppeligen Hemd

in die Küche gekommen und hatte mich angesehen, als würde ich schon lange in dieser Küche arbeiten. Als ich merkte, daß sie mich beobachtete, veränderte sich sofort meine Stimme, ich sprach pathetischer, benutzte ohne Not komplizierte Fremdwörter und machte mich wichtig, was dazu führte, daß ich mich unentwegt verhaspelte. Der Professor mußte glauben, einem Professor zuzuhören. Die Frau dagegen mußte glauben, daß ich ein falsches Spiel spielte. Warum der sonderbare Gast in ihrer Küche sich lang und breit über Akten des spanischen Bischofs in Buenos Aires ausließ, mußte ihr spanisch vorkommen. Wenn jemand über Buenos Aires sprechen durfte, dann sie, sie war in der Deutschen Schule in ihrer Geburtsstadt in vier Sprachen unterrichtet worden. Alles vergessen, wenn ich sie richtig einschätzte.

Dann war sie glücklicherweise mit ihrer Kaffeetasse wieder nach draußen gegangen, so daß mir genügend Zeit und Raum blieb, an meinem Artikel zu arbeiten. »Lesen als Kulturleistung«. Wenn man, gegen jeden inneren Widerstand, einen solchen Begriff einmal aufs Papier geschrieben hatte, ging alles wie von selber. Die nächste Boje hieß Internetgeneration, dann kam die Schwächung der geistigen Energien. Wenn ich so weitermachte, würde ich bald zu einem Satz kommen, der mit: »Es bleibt zu hoffen« anfinge, dann wäre die Zielgerade erreicht. Leider hatte ich keine Zitate zur Hand, die lagen, sorgfältig abgeschrieben, in meinem Koffer im Hotel: Gedächtniskultur, Bücher als Überlebenshilfe etc., ein kleiner Schatz, den ich während der Vorbereitung gesammelt hatte. Canetti, Lagercrantz, George Steiner, gute, solide Namen, die mir der Chefredakteur wahrscheinlich ohnehin wieder streichen würde, weil zu in-

telligente Zitate angeblich die Authentizität der Kommentatorenmeinung beeinträchtigten. Packen Sie das ins Feuilleton, hatte er mir mit rotem Stift an den Rand meines Textes zur geplanten Nationalstiftung geschrieben, auf der ersten Seite will ich knallharte Meinung. Ich beobachtete eine Wespe, die in einer Limonadenflasche nach dem Ausgang suchte, und mußte an Wittgenstein denken, der zehn Jahre lang einer der Heiligen meines studentischen Eremitentums gewesen war. Und dann stand die Frau wieder in der Küche, geschminkt, herausgeputzt, unnahbar. Auch die Sonnenbrille hatte sie nicht vergessen, sie schwebte in ihrem Haar.
Wie heißen Sie, fragte ich.
Sie schaute mich nachdenklich an, als wäre ihr der eigene Name gerade entfallen.
Warum fragen Sie? fragte sie. Sind Sie ein Spion? Was haben Sie mit einem argentinischen Bischof im Sinn? Habe ich Sie nach Ihrem Namen gefragt? Stecken Sie mit meinem Vater unter einer Decke? Warum wohnen Sie in einem seiner Hotels?
Viele Fragen auf einmal, die kurz angebunden aus ihrem plötzlich wie versteinerten Gesicht kamen. Hätte ich alle Fragen in Ruhe beantwortet, wäre mein Telefontermin mit der Zeitung geplatzt. Deshalb sagte ich nur nein.
Nein, wiederholte sie trocken, wie geistesabwesend.
Ich kenne Ihren Vater nicht, sagte ich, und für den Bischof von Buenos Aires interessiere ich mich aus Forschungsgründen.
Aus Forschungsgründen, wiederholte sie.
Ich schreibe ein Buch über die jesuitischen Indianer-Reduktionen in Uruguay, sagte ich, deshalb der Bischof.
Plötzlich war sie hellwach. Sie kam an den Küchentisch

und stützte sich mit beiden Händen auf der Platte auf, wobei ihre rechte Hand meinen Notizblock bedeckte. Also kennen Sie Isabella, zischte sie, also stecken Sie doch mit meinem Vater unter einer Decke, also wollen Sie an die Papiere. Aber die Papiere sind nicht im Haus, da können Sie lange suchen. Und während sie redete, nahm sie meinen Notizblock auf und überflog meinen angefangenen Kommentar über die Kulturleistung Lesen. Was soll das? fragte sie.
Es blieb mir nichts anderes übrig, als eine längere Auslassung über mich selbst abzugeben. Bitte unterbrechen Sie mich nicht, sagte ich, ich muß in einer halben Stunde meinen Artikel durchgeben, den ich noch nicht geschrieben habe. Und setzen Sie sich, bat ich sie, ich möchte nicht ständig zu Ihnen aufblicken müssen.
Ob sie mir glaubte, konnte ich nicht sehen, weil sie plötzlich die Sonnenbrille von ihren Haaren zog und sich auf die Nase setzte. Menschen mit Sonnenbrillen im Haar konnte ich nie leiden, es waren in aller Regel Angeber. Und auch die Frau vor mir verlor zusehends an Anziehungskraft. Sie war der Kapo, ich der Verhörte, der ein Geständnis ablegte. Man konnte nie sicher sein, ob ich wirklich die Wahrheit sagte. Ich stand auf und schüttete die Limonade samt Wespe in den Garten. Mehr war nicht zu sagen.
Immerhin kam es zu einem Waffenstillstand, mit folgenden Bedingungen: Sie würde jetzt das Haus verlassen und auf dem Weg mein Gepäck (samt: Hamann, bitte vergessen Sie nicht meine Hamann-Ausgabe) aus dem Hotel, das bis vor kurzem ihrem Vater gehört hatte, holen. Ich sollte (mußte?) bis fünf Uhr zurück sein, um den Vater zu empfangen, weil nicht sicher war, ob sie es bis

dahin schaffen würde. Hüten Sie sich vor meinem Vater, sagte sie, verraten Sie weder sich noch mich. Als Gegenleistung erfuhr ich ihren Namen und die Adresse des Hauses und erhielt einen Schlüssel. Und tragen Sie den Vater nicht im Haus herum, er darf, rief sie mir, schon in der Tür, zu, nur ins Wohnzimmer, nicht aber in den ersten Stock.

Kein Wort jedoch über Isabella. Wer war Isabella? Während ich mehrere Male den Namen Isabella auf meinen Notizblock schrieb, kam die Wespe, wütend über ihre Befreiung, wieder in die Küche zurück und krabbelte, nachdem sie mir mit engen Flügen den Kopf verdreht hatte, zurück in die nun leere Limonadenflasche.

9

Unter unsäglichen Mühen hatte ich telefonisch meinen kleinen Kommentar durchgegeben. Beim Buchstabieren der Floskeln, die offenbar noch immer nicht Allgemeingut waren, kam mir der Text so unangemessen und lächerlich vor, daß ich während des Sprechens immer neue erklärende Einschübe machte, um halbwegs originell meine wenigen, ganz und gar nicht originellen Ideen zu formulieren. Die Kollegin, die ich mir während der akustischen Tortur vorzustellen versuchte, weil sie als Praktikantin erst kürzlich unserem Ressort zugeordnet worden war und für mich noch kein Gesicht hatte, wiederholte meine mäandernden Sätze wie ein Kind, das eben lesen lernt. Ge-dächt-nis-kul-tur, hörte ich sie halblaut murmeln, und dann fragte sie: Sie meinen wirklich Gedächtniskultur, als sei ich ein Ausländer, der ein in seiner Sprache geläufiges Wort unstatthaft in die deutsche Sprache schmuggeln wollte. Was ist das denn für eine Kultur, sagte sie und kicherte in sich hinein, ohne auf eine Erklärung zu warten. Ich wiederum machte den Fehler, sie nach der vollständigen Erfassung des Textes zu bitten, mir alles noch einmal vorzulesen. Es war eine Tortur, dieses Gestolpere von Begriff zu Begriff, das sie unter Stöhnen vorbrachte, und ich stellte mir augenblicklich den Chefredakteur vor, wie er meinen armen Kommentar vor dem Heer unserer Leser lachend zum besten gab. Verstehen Sie, was unser kluger Redakteur damit sagen

will? hörte ich ihn rufen, und das Heer unserer Leser antwortete mit einem lauten: Nein! Dabei war meine Vorstellung gegenstandslos. In unserer Redaktion wurde kaum noch gegengelesen. Man überflog. Jeder noch so große Blödsinn, jede Gemeinheit wurde ohne Diskussion gedruckt. Was unter anderem dazu führte, daß unsere Zeitung auch für die Zahl ihrer Druckfehler bekannt wurde. Da aber nach einem staatlichen Versuch, eine neue Rechtschreibung einzuführen, ohnedies keiner mehr wußte, wie was geschrieben wurde, stieg mit der Anzahl der protestierenden Leserbriefe auch die Gleichgültigkeit. Sehr schön, sagte folglich die Praktikantin, als wir die ihr vollkommen unverständlichen sechzig Zeilen endlich durchgenommen hatten, ich gebe Ihren Text gleich in die Produktion. Und ich schwor mir, das Wort »Gedächtniskultur« nie mehr zu verwenden.
Mit einem gewissen Stolz bestellte ich nach der Telefonerniedrigung ein Taxi auf den Namen der blonden Frau. Ich mußte noch üben. Wie war Ihr Name? fragte der Taxifahrer, dessen Stimme so klang, als befände er sich auf einem untergehenden Schiff vor dem Hauptbahnhof. Ich buchstabierte den Namen mit einer Umständlichkeit, die mir selber wehtat, und wie zur Bestätigung wiederholte der Mann einen Namen, der nur entfernt etwas mit dem meiner Gastgeberin zu tun hatte. Weil aber die Adresse stimmte, ließ ich es gut sein. Wahrscheinlich der letzte deutsche Taxifahrer in Hamburg, dachte ich und hängte ein.
Er war Mazedonier, aus Skopje, und kannte die Stadt nur mangelhaft. Dafür fuhr er wie ein mordlüsterner Gott, hupte alte Damen und selbstvergessene Buben von der Straße und mißachtete sämtliche Verkehrsschilder so

gründlich, daß ich mir bald wie auf einer Verfolgungsfahrt ohne Verfolger vorkam. Jede Angst, jedes bange Gefühl war verflogen. Und wie ein Sieger stieg ich vor dem Institutsgebäude aus dem Auto, nachdem mir der Mazedonier mit dem vielen Gold im lachenden Mund die Vorzüge seiner Heimat gepriesen hatte. Als ich ihm sagte, ich wollte schon immer mal nach Skopje fahren, wäre er sofort dazu bereit gewesen. Alexander der Große als Taxiunternehmer. Tausend Mark, hatte er mir zugebrüllt, morgen abend sind wir in Skopje, und dort sind Sie mein Gast.

Professor Hegenbarth, ein hagerer lispelnder Mann mit riesigen Schuhen, empfing mich zerstreut und abweisend wie seinesgleichen und übergab mich auch ohne weitere Nachfragen zu meiner Herkunft und meinem akademischen Stand seiner Assistentin, Frau Dr. Hoffmann. Ich folgte ihr in ihr chaotisch anmutendes Zimmer, in dem sich außer wenigen Topfpflanzen und einer Unmenge Papier auch eine studentische Hilfskraft befand, die – dafür wollte Frau Dr. Hoffmann herzlich um Verständnis bitten – die ganze Zeit meines Aufenthalts über bei mir bleiben würde. Keine böse Unterstellung, lächelte sie und setzte sich, während die Hilfskraft sich erhob. Sie hieß Christine und kam aus Worpswede, wo, wie sie mir alsbald erzählte, ihre Eltern einen Andenkenladen betrieben. Früher wollte ich in den Laden einsteigen, aber jetzt studiere ich erst einmal Geschichte und Ethnologie, sagte sie, als ich sie nach ihrem Berufswunsch fragte, der Laden läuft ja nicht weg. Hoffentlich, sagte ich, brauchte den lahmen Witz aber nicht zu verlängern, weil wir inzwischen vor dem mir zur Verfügung gestellten Raum angekommen waren. Halten Sie mal, sagte sie und übergab mir zwei Bücher, damit sie beide Hände frei hatte, um die offenbar eingerostete Tür zu öffnen, die allerdings sofort aufsprang. In den Händen hielt ich Rilkes Briefe an die Fürstin von Thurn und Taxis und einen Roman von Stephen King.

Kaum waren wir in das Zimmer eingetreten, in dem bereits die mir zur Einsicht überlassenen Papiere in einem grauen beschrifteten Karton lagerten, fragte mich Christine, wie lange ich wohl brauchen würde und ob ich etwas dagegen hätte, wenn sie mich allein ließe. Sie wollte einkaufen gehen, die Mutter hatte Geburtstag, einen runden, wie sie hinzufügte. Gehen Sie nur, sagte ich und dachte an den Andenkenladen, der ihr wohl bald keine Zeit mehr ließe, in der Stadt zu bummeln. Ich war aber doch erstaunt, als sie mich bat, die Tür von innen abzuschließen und sie nur auf ein noch zu besprechendes Signal hin zu öffnen, weil der Professor oder Frau Dr. Hoffmann, so sie nach mir sehen wollten, denken sollten, wir wären etwas essen gegangen. Verstehen Sie, fragte mich Christine nach jedem Halbsatz, und weil ich nur folgsam nickte, fragte sie mich abschließend noch einmal: Haben Sie verstanden?

Und wenn der Professor vor der verschlossenen Tür etwas ganz anderes denkt, versuchte ich sie zu halten, aber sie hatte bereits nachgeschaut, ob die Luft rein war, und war schon verschwunden. Rilke und King ließ sie als Stellvertreter zurück.

Das Zimmer hatte ein Fenster, das wegen der universitären Sparmaßnahmen nicht mehr gereinigt wurde. Ich riß es auf und ließ frische Luft herein. Was für ein wunderbares Gefühl, in einer verschlossenen Zelle wie dieser arbeiten zu dürfen, dachte ich froh, keine Ablenkung,

keine Bilder an den Wänden, keine Bücher in den verstaubten Regalen, keine Schreibmaschine und kein Computer. Vor dem Fenster stand ein zerfledderter Ahornbaum, an dem nur wenige leichtsinnige Blätter hingen, dahinter rote Ziegeldächer, die den Spatzen als Seminarplatz dienten. Einer von ihnen machte den Versuch, mir Gesellschaft zu leisten, flog aber nach einem hastigen Rundblick durch mein asketisches Reich mit entsetztem Geschrei wieder davon.
Meine jahrelange Forschungsarbeit über den Jesuitenstaat in Uruguay war in ihren wesentlichen Teilen abgeschlossen. Aber hier und da fehlte noch etwas. Dieses »etwas« war vor allem Stoff, Erzählung. Denn natürlich bestand der Kern meiner Arbeit aus der Wiedergabe und der Interpretation von Quellen. Und obwohl die Geschichte dieser jesuitischen Missionsübung in Duldsamkeit und Menschenliebe überaus spannend war, viel aufregender als die Geschichte anderer Kommunen, die zur selben Zeit entstanden und die Grundlage bildeten für die gesellschaftliche Entwicklung zum Beispiel von Amerika und Rußland, vermißte ich, wenn ich meinen Text noch einmal las, um geringfügige Revisionen vorzunehmen, die Farbe und den Geschmack, den Hunger und die Glaubensnot und viele andere Fermente, die zur Wahrheit dieser Indianer-Reduktionen dazugehören mußten. Statt dessen barst der Text fast unter der genauen Diskussion von kirchlichen und staatlichen Dokumenten, politischen und religiösen Auseinandersetzungen und peniblen Statistiken über die Anzahl der Hühner und Schweine, die man zur Lebenssicherung gehalten hatte. Das mußte ich ändern, wollte mir der Text, den ich aus freien Stücken und ohne jede akademische

Notwendigkeit geschrieben hatte, selber gefallen. Aber das Gerüst war solide gebaut und die Tendenz durch das Motto des unbestechlichen Montesquieu vorgegeben: »Es bedeutet eine große Ehre für die Gesellschaft Jesu, daß sie zum ersten Mal der Welt bewiesen hat, wie eine Verbindung von Religion und Menschlichkeit möglich sei.«

Ich glaube, ich hatte alles gefunden, was über dieses riskante Experiment in der hohen Phase des Kolonialismus gesagt worden war, von den überwiegend zustimmenden Ansichten der französischen materialistischen Philosophen bis zu den niederträchtigen Verunglimpfungen, die im Gefolge des protestantischen Pfarrers Pfotenhauer in die zerrissene Welt gesetzt worden waren. Lessing, Herder, Humboldt und Wieland standen unbewaffnet auf meiner Seite, der Seite der Indianer und ihrer geistlichen Betreuer, auf der anderen Seite hatten sich der Neid und der Haß unter der Führung des portugiesischen Ministers Pombal versammelt, dessen widerwärtiges Traktat »Relaçao abbreviado de Republica de los Jesuitos« die endgültige Zerschlagung der Siedlungen einleitete. Am Ende waren die Gegner übermächtig: Rom und die Spanische Krone, die Spekulanten und die Intriganten, die Mamelucken und die Sklaventreiber. Die Zivilisation, der Fortschritt und das Kapital hatten gesiegt. Und warum? Weil, wie es einer meiner Kronzeugen, Joseph de Maistre, gesagt hatte, »der Geist des Eigentums unter diesen Indianern unbekannt ist; Geiz, Diebstahl, Betrug, Ehrabschneidung und Verleumdung« – die Eigenschaften von Krone und Kirche – »kommen unter ihnen gar nicht vor«.

Mein erstes Kapitel spricht von diesem Ende, wie nämlich der Gouverneur von La Plata, Bucarelli, sämtliche in den Städten lebende, Jesuiten verhaften läßt, um die Kommunikationswege abzuschneiden, und wie wenig später alle Reduktionen an Franziskaner und Dominikaner zu untreuen, vor allem aber unfähigen Händen übergeben werden.

Wer von den Patres noch laufen konnte, wurde unter menschenunwürdigen Verhältnissen auf Schiffen zurück nach Europa verbracht, der Rest krepierte im Urwald. Einer von ihnen landete unter seltsamen Umständen 1770 in Hamburg, nachdem er auf einem spanischen Schiff bis Ostende am Leben geblieben war. Über seine Zeit bei den Guaraní am Rio de la Plata schrieb er mehrere Bücher, denen ich wichtige Einzelheiten über die gewerblichen Manufakturbetriebe, das Steuersystem und die eigentliche Missionsarbeit entnommen hatte. Ihm verdankte ich auch genauen Aufschluß über das Kommendensystem, wonach jedem Spanier, der Eigentum von der Krone erwarb, eine bestimmte Anzahl Leibeigener übergeben wurde – eine Maßnahme, die durch die soziale Idee der Reduktionen unterlaufen wurde. Die Bücher dieses Bruders namens Franz Xaver, der eigentlich aus dem Böhmischen stammte, gehörten in ihrer gutherzigen Offenheit und mitleidenden Naivität zu den besten Reisebüchern überhaupt. Er konnte Stimmungen beschreiben und Gerüche, er kannte alle Pflanzen und Tiere, und seine Kindlichkeit, mit der er den Indianern entgegentrat, war überzeugender und ergreifender als jede offizielle Mission. Und er hatte Humor. Eine meiner Lieblingsstellen in seinem Buch war die Beschreibung der Einführung preußischer Exerziermärsche zur Verbesserung der Arbeitsmoral. Die indianischen Musiker kamen später zu ihrem lebensrettenden Einsatz, als sie mit ihrer fürchterlichen preußischen Musik eine Horde von Mamelucken in die Flucht trieben, die den Teufel selbst ins Horn blasen hörten.

Jetzt saß ich über den zurückgelassenen Papieren des Paters, dem wir auch eine recht brauchbare Grammatik der Guaraní-Sprache verdanken, und machte fleißig Gebrauch von den Verhörprotokollen, die bei seiner Einbürgerung in Hamburg angefertigt worden waren. Stolz wie ein Hamburger Kaufmann berichtete er von seinen Erfolgen, die er allein seinem Glauben und seiner heiligen List zuschrieb. Er konnte nicht nur mehrere Indianersprachen sprechen, sondern hatte auch lange Wörterlisten für seine neu ankommenden Brüder angelegt. Ein geistlicher Manager von hohen Graden, der nichts für sich behielt und als armer Schlucker in Hamburg starb.

Das Konvolut seiner Papiere mußte schon einmal eingesehen worden sein, denn zwischen den Bögen fanden sich auf kleinformatigen Blättern viele Notizen, die vor allem die spanische Forschung bis in die achtziger Jahre berücksichtigten. Jemand war mir zuvorgekommen, hatte aber seine Arbeit nach meiner Kenntnis nicht publiziert. Da ich selber kein ordentliches Spanisch spreche, kamen mir diese Hinweise auf neuere Literatur zur Theorie der Staatenbildung, zum Problem des Jesuitischen Kommunismus und zur Frühgeschichte der Stadt Buenos Aires mehr als gelegen. In winziger, windschiefer Schrift hatte der oder die Unbekannte festgehalten, was er oder sie zu schreiben gedachte, und es war nicht schwer herauszulesen, daß er oder sie mehr oder weniger auf der Seite des Bischofs Fonsecq von Burgos stand, der die Ansicht vertrat, die Indianer könnten nur auf dem Weg der Sklaverei für das Christentum gewonnen werden. Wahrscheinlich ein Protestant. Ich verstaute sämtliche Zettel in meiner Brieftasche und bedankte mich mit einem höflichen Murmeln bei meinem forschenden Vorgänger.

Als ich das letzte Pergament des Paters gelesen und exzerpiert hatte – eine Überlegung zur Mischehe zwischen Spaniern und Indianerinnen –, fiel mir ein weiteres Notizblatt aus dem zwanzigsten Jahrhundert in die Hände, das auf dem Boden des grauen Kartons gelegen hatte. Es enthielt nur die mehrmals unterstrichenen drei Zeilen: Isabella Ginsburg zur »Iconografia colonial Rioplatense«: alles falsch. Wahrscheinlich vom General geschmiert. Die Jesuiten sind immer noch unter uns.

10

Der Großvater wurde mit einem Taxi gebracht. Vom Badezimmer aus beobachtete ich, wie der Fahrer aus dem Gepäckraum seines Autos einen zusammengeklappten Krankenstuhl holte und ihn unter Anleitung des ungeduldig mit den Händen dirigierenden Alten fahrbereit machte. Herr und Knecht. Nur war der Herr ein verdorrtes Wrack, das in einen dunklen Anzug gehüllt war, einen schwarzen Hut trug und einen roten Schal um den mageren Hals gelegt hatte. Bleich und entschlossen sah er aus, aber hilflos. Der Taxifahrer beugte sich nun in das Auto und hob den Großvater, der seinen rechten Arm um die Schultern des stämmigen Mannes gelegt hatte, heraus und setzte ihn in den Krankenstuhl. Nachdem er ihm noch zwei Netze, wie sie seit Einführung der Plastiktüte nicht mehr in Gebrauch waren, in den Schoß gelegt hatte, schob er den Wagen an das Gartentor. Jetzt machten die beiden offenbar die Zeit aus, zu der der Alte wieder abgeholt werden wollte, denn der Fahrer nickte mehrere Male ergeben mit dem Kopf, die Mütze in der Hand. Jawohl, wird gemacht, wie Sie wünschen. Das Auto kam aus Hamburg, ich merkte mir die Nummer des Wagens.

Ich mußte an meinen Großvater denken, der die letzten Jahre seines Lebens im Bett verbracht hat, bei geschlossenen Fenstern. Noch heute verstehe ich nicht, wie er es in dem dunklen Zimmer ausgehalten hat, ein nervöser, beständig vor sich hin brummelnder Greis, der nie eine Heftigkeit zeigte, nie ein Aufbegehren, dem ein langer, gelegentlich stockender Fluß von Wörtern entfuhr, an keinen gerichtet, keinen treffend. Und mit jedem Wort wurde er magerer und müder, bis die Hände endlich Ruhe fanden. Es war alles gesagt worden, die Beichte seines Lebens war abgeschlossen. Zum Schluß kam nur noch ein Knistern aus seinem schlaffen zahnlosen Mund, als würde jemand sehr vorsichtig über feuchten Kies gehen.

Während ich noch mit einer sonderbaren Neugier dem Stummfilm vor dem Gartentor zusah, klingelte es bereits, und da Marcel noch nicht zurück und von seiner Mutter ohnehin nichts zu sehen war, lief ich, seltsam beschwingt, als würde ich der Lüftung eines Geheimnisses entgegenlaufen, die Treppen hinunter und durch den Garten dem alten Herrn entgegen. Der hatte sich inzwischen eine Sonnenbrille aufgesetzt, zwei schwarze Löcher in seinem faltigen Gesicht unter der schlohweißen Haarmähne, die unter dem Rand seines Hutes hervorbrach. Das Taxi war schon losgefahren, so daß es aussah (oder aussehen sollte), als wäre der Großvater allein und ohne Hilfe bis vor das Gartentor gekommen. Als ich vor ihm stand, schnippte er mit den Fingern, als hätte er nie etwas anderes getan. Keine Rede von einer freundlichen Begrüßung. Wir nehmen den Kaffee auf der Terrasse, war der erste Satz, den ich hörte, und ich wußte bereits, daß ich diese rostige Stimme nicht wieder vergessen würde. Ich schob den Rollstuhl an den runden Gartentisch und ließ ihn dort in der Nachmittagssonne stehen, während ich in die Küche lief, um Kaffee aufzubrühen. Durch das offene Küchenfenster hörte ich ihn auflachen,

als wäre ihm gerade aufgegangen, mit welch lächerlichem Gegner er es zu tun haben würde.
Seit wann leben Sie mit meiner Tochter zusammen, wurde ich gefragt, als ich endlich mit Kaffee, Milch und Zucker wieder auf der Terrasse erschien. Und ehe ich noch antworten konnte, fügte er, wieder mit einem unangenehmen Lachen, hinzu: Unbegreiflich, daß es immer wieder einer versucht. Seit ich nicht mehr in der Stadt lebe, geht alles drunter und drüber. Gott sei Dank gibt es Marcel, der wenigstens für fünf Groschen Intelligenz besitzt und für Ordnung sorgt. Die Intelligenz hat er von mir, das Unfolgsame, die Uneinheitlichkeit von seiner Mutter. Der Vater wurde nicht erwähnt.
Er hielt die Tasse nicht am Henkel, sondern mit spitzen Fingern am oberen Rand, wodurch er die Hand unnatürlich verdrehen mußte, um ordentlich trinken zu können. Kein Wunder, daß bei einer so exzentrischen Gewohnheit sein blaues Hemd bald von Kaffeeflecken übersät war. Immerhin eine Gemeinsamkeit, dachte ich, eine Bruderschaft der schmutzigen Hemden.
Ein Flugzeug flog über uns hinweg und ließ einen flüchtigen Schatten über den Garten flitzen, wie eine Nachricht, die man in der Eile nicht lesen konnte. Und als winziges Echo landete plötzlich ein Sperling auf dem Tisch, der, erschrocken von der Kälte, die von dem Alten abstrahlte, sofort wieder das Weite suchte.
Während ich noch dabei war, mir die Worte für den Satz zurechtzulegen, mit dem ich meine Anwesenheit in diesem Haus erklären wollte, fuhr er mir erneut in die Parade. Sie scheinen ein entmutigter Mensch zu sein, stellte er fest, entweder aus Mangel an Phantasie oder aus Mangel an Empfindlichkeit. Aber Sie wissen wenigstens, wo

der Kaffee aufbewahrt wird. Kaffee und Bett, das ist schon die halbe Miete. Dennoch sind Sie zu müde für diese Welt, Ihre Sympathie für den Schmerz ist zu ausgeprägt.

Was sollte ich sagen? Ein Bachstelzenpaar stakte unter ständigem Nicken über den grellgrünen Rasen. Servile Biester, sagte der Großvater, ich kann sie nicht leiden. Schnepfen, Elstern und Tauben gehören weg. Statt dessen rottet man alle seltenen Tiere aus, alles, was Adel hat, Profil, Einmaligkeit. Übrig bleiben die Spatzen und ein paar scheußliche Insekten, die zu nichts nützlich sind. Wenn ich das blöde Gezuckel von Tauben sehe, verliere ich jede Hoffnung. Ein Inbild des Untergangs.

Bachstelzen, sagte ich, das sind Bachstelzen, seltene Vögel, und mir wurde bewußt, daß ich endlich einen eigenen Beitrag zu unserer Unterhaltung beigesteuert hatte, auch wenn er nicht gerade dazu diente, unserer Konversation ein wenig Feuer zu verleihen.

Eigenartig, wie schnell und umstandslos das Besondere vernichtet wurde, sagte der Großvater jetzt, und wie gerne man heute das Gewöhnliche pflegt. Vier Generationen, ein paar Kriege, ein paar Wohlstände, und schon ist alles im Eimer. Da Sie ein deutscher Professor sind (ich hütete mich, ihn zu korrigieren), fühlen Sie sich wahrscheinlich zu einem gewissen Optimismus verpflichtet. Der Optimismus des Beobachters, der melden kann, daß sich noch etwas bewegt. Der über jedes physische Zucken begeistert ist. Der eine Taube für einen besonderen Vogel hält, für ein Ereignis der Schöpfung.

Ich litt bis zur Lähmung unter seinen anmaßenden Worten, und je länger er sprach, desto deutlicher wurde, daß ich mich nicht wehren konnte. Es war mir nicht einmal

möglich, ihn zu hassen, wie man einen Feind haßt, den man ernst nimmt.
Ist kein Kaffee mehr da? fragte er plötzlich.
Nein, sagte ich wahrheitsgemäß, es war der letzte Rest.
Wieso, blaffte er zurück, ist auch wieder kein Geld da? Ich hoffe, Sie können mit Ihrem Gehalt etwas zur Aufbesserung der Haushaltskasse beitragen! Von mir ist nichts mehr zu erwarten. Aber wie ich sehe, tragen Sie bereits die alten Hemden Ihrer Vorgänger auf, button down, schämen Sie sich. Mehr als zwanzig Jahre lang habe ich die Freier meiner Tochter ausgehalten, ich habe ihr dieses Haus gekauft, damit sich die Herren bei ihr wohl fühlen und nicht merken, auf wen sie sich eingelassen haben. Aber keiner hat mildernde Umstände walten lassen. Alle sind unter bösen Verwünschungen geflohen. Kein Drama, eher Kitsch. Meine Tochter, das ist eine Erbkrankheit, hat von ihrer Mutter die Neigung zum Kitsch geerbt. Dummheit und Kitsch, das sind die beiden Dinge, die offenbar am leichtesten zu vererben sind. Das flutscht genetisch so mit, während die Intelligenz zu viele Widerhaken entwickelt und hängenbleibt. Darum läßt sich das Intelligenzniveau auch nicht steigern, während das Kitschniveau in den letzten hundert Jahren um zweihundert Prozent gestiegen ist. Politikkitsch, Wirtschaftskitsch, Kunstkitsch, Religionskitsch, zuerst in Amerika, dann in Europa, später in Japan, bald werden China und Afrika ihren eigenen Kitsch produzieren und unter ihm ersticken. Man kann Krankheiten heilen, Leben verlängern, Trübungen abschaffen, allerdings bei ständig fallendem Intelligenzniveau. Eine Delikatesse. Je tiefer meine Tochter auf der Kitschskala fällt, desto dümmer die Freier, die sie ins Haus lockt. Immo-

bilienmakler, Kunsthändler, Controller, der vorletzte war ein Kulturwart auf der Suche nach einer Institution, die er ruinieren konnte. Man hat ihm einiges angeboten, Museum, Theater, Oper, aber er war wählerisch, er wollte den großen Crash, die letzte subversive Aktion. Jetzt leitet er angeblich das Kulturamt in Sankt Peter-Ording oder da in der Gegend. Und wer unmittelbar vor Ihnen hier Kaffee gekocht hat, wollen Sie das nicht wissen? Verbrecher. Richtige Verbrecher, Abschaum.
Ich begann mich auf eine angenehme Weise zu langweilen. Diese Art von Weltverurteilung war mir von der Zeitung her wohlvertraut, ich kannte jeden Satz auswendig. In vielem mochte er recht haben, aber ich konnte nicht glauben, daß seine Tochter mit beiden Beinen im Sumpf steckte. Danach sah sie nicht aus. Und andererseits, selbst wenn man den Pessimismus des Alten für berechtigt hielte, so wäre es doch töricht, in dieser Form darüber zu reden. Diese Menschen, auch Marcel, lebten in einer Grauzone, in einem dunkler werdenden Zwischenreich, und wenn nicht bald einer käme, der sie ins Licht zöge, würden sie früher oder später Teil des düsteren Hintergrunds werden, auf dem man ihre Schatten nicht mehr sehen könnte. Zu meinem Kummer war der Pessimismus des Alten nicht von der tiefen, düsteren Art, die das Schweigen bevorzugt und das Unglück für selbstverständlich hält, sondern von der heiteren, aggressiven, die das vorige Jahrhundert in Massen hervorgebracht hat. Autohersteller, Staatssekretäre, Schriftsteller, überall hatte sich dieser heitere Pessimismus durchgesetzt, das Lachen im sich vollziehenden Untergang. Es war eine Haltung, für die man sich nicht mehr entschuldigen mußte, eine allseits akzeptierte Selbstverstümmelung, die nicht

weiter auffiel in der großen Selbstverstümmelung. Erträglich war er nur, wenn er sich an einem Stoff entzünden konnte, einem Inhalt. Und da mir zu dem Alten nichts weiter einfiel, fragte ich ihn rundheraus, warum er sich eigentlich von Frau und Tochter getrennt hatte, wenngleich mir der Begriff Trennung, kaum hatte ich das Wort ausgesprochen, im Zusammenhang mit seiner Tochter unpassend vorkam. Von Trennung konnte ja eigentlich nicht die Rede sein. Eher Distanzierung. Unmögliche Distanzierung. Der unmögliche Versuch, sich etwas vom Leibe zu halten, was Teil dieses Leibes ist.
Ich merkte sofort, daß ich ins Schwarze getroffen hatte. Der Großvater ruckelte sich in seinem Krankenstuhl zurecht, drückte sich den Hut aus der Stirn, legte seine mageren, von dicken Adern gemusterten Hände zusammen und begann zu erzählen, als hätte er lange, zu lange auf dieses Stichwort gewartet.
Kennen Sie die »Paneuropäische Gesellschaft«? fragte er. Rechtskonservativ, grauenhaft. Deutscher Adel, Kleinindustrielle, Burschenschafter, allesamt dritte Klasse. Alte Herren mit zuckenden Oberlippenbärtchen in blauen Anzügen! Kein Mensch weiß, wo man diese Anzüge heute noch kaufen kann. Hellblaue Zweireiher, uralter Knopfbestand, dazu beige, durchbrochene Schuhe. Jeder zweite ein Bundesverdienstkreuz. Die treffen sich zweimal im Jahr in Regensburg, Passau oder Würzburg, mit ihren Frauen in geblümten Kostümen und einem Schuhwerk, daß einem die Luft wegbleibt. Geschnürte Schuhe, halbhohe Absätze. Nichts gegen diese Leute, wenn sie frei auf der Straße herumlaufen. Kein schöner Anblick zwar, aber was soll's. Nun stellen Sie sich aber zweihundert dieser Anzüge und Kostüme im Hinterzimmer ei-

ner fränkischen Gastwirtschaft vor. All die Bärtchen, Schmisse, Grafen, gnädigen Frauen in Schnürschuhen, das ist zuviel für einen, der den Segen der Vielfalt erlebt hat. Dazu noch Offiziere in Uniform und ein paar Geistliche, ebenfalls in Uniform, alles Auslaufmodelle, nicht der Rede wert. Nun aber die große Überraschung: Meine Frau verliebt sich in diesen paneuropäischen Trachtenverein. Nach zwanzig Jahren Argentinien – ein Argentinien, das noch stolz und edel war – soll ich mir plötzlich einen solchen Anzug kaufen! Und meine Frau will diese halbhohen Schnürschuhe haben! Verstehen Sie? Argentinien, das alte Argentinien, hatte uns zu eleganten Menschen gemacht, wir hatten die Weite kennengelernt, die Bedeutung der Weite, wir wußten, was ein Horizont ist und wie sich der Mensch vor diesem Horizont ausnimmt. Und dann luden mich die paneuropäischen Anzugträger, Baron Heydenfeld oder Graf Heydenbrandt, nach Passau ein, um über deutsches Brauchtum in Argentinien zu sprechen, Brauchtum und Traditionspflege, mit anschließender Diskussion und geselligem Beisammensein. Geselliges Beisammensein mit einer Gruppe von stillosen, uneleganten Oberlippenbartträgern mit ihren Duttfrauen. Und diesen alten Kameraden sollte ich etwas über die alten Kameraden in Argentinien erzählen, die sich einmal in der Woche zum Bierabend treffen und deutsche Volkslieder singen. Aber ich habe diese Leute gar nicht gekannt, ich habe sie wie die Pest gemieden. Und deutsches Brauchtum in den Händen von ein paar deutschstämmigen Brauchtumspezialisten ist für mich das Fürchterlichste, was sich denken läßt. Ich selber war Rechtsanarchist, wenn Sie wissen, was ich meine, eine Fraktion, die den Herren vom Trachtenverein ganz unbekannt war, wir waren gegen den Staat, die Gesellschaft und die Kirche. Es ist mir bis heute schleierhaft, wie die paneuropäischen Herrschaften ausgerechnet auf mich gekommen waren. Aber sie luden mich ein, mit meiner Frau, also haben wir uns mit ihnen zuerst in Würzburg und ein Jahr später in Passau getroffen. Ein glatter Reinfall. Aber meine Frau war entzückt. Meine Frau ließ sich von diesen deutschen Gespenstern einladen, zu Hausmusikabenden, Familientreffen, Ausflügen. Ich fuhr nach Argentinien zurück, weil ich nach meiner Tochter sehen mußte, meine Frau blieb in Deutschland. Sie kaufte sich geblümte Kostüme und dieses unglaubliche Schuhwerk, las die Schriftenreihe der »Paneuropäischen Gesellschaft« und hatte allen Ernstes vor, nach Passau zu ziehen, um in der Frauengruppe ihrer neuen Kameradinnen zu arbeiten.

Der Großvater mußte innehalten. Wie er so erschöpft dasaß, sah man ihm an, daß er keine politische Leidenschaft besaß, keinen Ehrgeiz, andere zu überzeugen und das Glück der Gesellschaft zu mehren. Nicht, daß er ohne Leidenschaft war, im Gegenteil, man konnte sich vorstellen, welches Feuer einmal in ihm gekocht hatte, aber vor seiner bösen Ironie mußte alles Politische zerfallen. Plötzlich tat er mir leid. Wenn ein solcher Mensch zusehen muß, wie der Tod seelenruhig in ihm heranwächst und ihm nach und nach die Bilder und die Worte stiehlt und die Erinnerungen auswäscht, daß sie immer magerer werden, dürftiger und ausgezehrter, dann ist er dem Leben nicht mehr gewachsen. Oder täuschte ich mich? Noch hatte ich ja nicht seine Augen gesehen.

Wasser, sagte er plötzlich. Die Sonne schien ihm jetzt direkt ins Gesicht und ließ sein Gesicht wie ein flaches

Totenrelief aussehen. Ich ließ ihn allein und ging schnell ins Haus, um eine Flasche Mineralwasser zu holen. Als würde ich etwas verpassen. Aber für den Alten gab es wohl keine dringenden Angelegenheiten. Seine Ruhe wie Unruhe hatten sich wahrscheinlich auf so vielen Erfahrungen niedergelassen, daß es nicht mehr darauf ankam. Er wollte nur ein wenig reden, ein wenig täuschen, ein wenig beleidigen, weil die Hauptsachen erledigt waren. Als ich wieder aus der Tür trat, sah ich ihn in seinem Rollstuhl sitzen, den Hut im Nacken, die schwarze Sonnenbrille in der linken Hand, die er rasch wieder aufsetzte, als er meine Schritte hörte: ein Bild des Verzichts auf Zukunft, Siege, Hoffnungen.

Im Flugzeug zurück nach Buenos Aires, fuhr er fort, nachdem er ein Glas Wasser getrunken hatte, saß eine italienische Studentin neben mir, die an einer Doktorarbeit über einen argentinischen Dichter arbeitete, Jorge Luis Borges. Sie las, machte sich Notizen, seufzte. Vor allem aber schränkte sie meine Bewegungsfreiheit ein. Ständig mußte ich irgendwelche Zettel aufheben oder ihr Buch halten, wenn sie aus ihrer Tasche neue Notizbücher holen mußte. Während des langen Fluges haben wir kaum zehn Worte miteinander gewechselt. Sie hatte schöne Hände, die ununterbrochen in Bewegung waren, und eine erschrockene Miene, wenn sie bei ihrer Lektüre auf eine Überraschung stieß. Und sie stieß ständig auf Überraschungen, was sie mit einem lauten, pfeifenden Seufzer anzeigte. Borges, von dem ich gehört, aber keine Zeile gelesen hatte, schien ein Überraschungsschriftsteller zu sein. Endlich schlief sie mit einem dieser seltsamen Seufzer ein, so daß ich Gelegenheit hatte, sie etwas genauer anzusehen. Das langte. Die sonderbare Indifferenz, die in diesem flachen, dunklen Gesicht verborgen war, der schläfrige Ausdruck, der es von dem Moment an beherrschte, da sie ihre Augen geschlossen hatte, wirkten elektrisierend auf mich. Nur die Hände arbeiteten selbst noch im Schlaf, kleine nervöse Tiere, von tausend Reflexen beherrscht. Als eine dieser Hände, die Buch und Bleistift schon aufgegeben hatten, plötzlich zu wandern begann, griff ich sie mir und hielt sie fest. Etwa so, wie man eine Fliege fängt, die man in der hohlen Hand noch eine Weile zappeln läßt. Dann war Ruhe. Sie nahm sich in der Nähe von mir eine Wohnung, schrieb ihre Dissertation über Borges, der ihr zur Publikation ein Vorwort schrieb, in dem es hieß, Biographien seien dazu da, Personen auszulöschen, wir sahen uns zweimal in der Woche, zwei Fremde, die in verschiedenen Kreisen lebten, die sich nie berührten. Sie war eine seltsame Person, aber damit will ich Sie nicht belästigen. Als sie, nach mehr als einem Jahr, zum ersten Mal unser Treffen absagen mußte, wußte ich instinktiv, daß sie einen anderen Weg eingeschlagen hatte. Sie lebte vom Reflex anderer, also mußte es einen anderen geben. Eine schreckliche Zeit. Sie war, was ich schon längst vermutet hatte, rauschgiftsüchtig geworden. Ihre Intelligenz hat sie noch eine Weile davor bewahrt, sich ganz ihren Instinkten und Leidenschaften hinzugeben. Sie kämpfte mit sich selber, ich kämpfte um sie, eine heillose Situation. Wie Sie sich denken können, bin ich nicht sonderlich am Untergang von Menschen interessiert. Sentimentalitäten sind mir fremd. Aber in diesem besonderen Fall hatte mich die Leidenschaft gepackt – und schwer verwüstet. Um mit heiler Haut davonzukommen, redete ich ihr zu, an einer von der Universität organisierten ethnologischen Expedition

teilzunehmen. Sie wollten die alten Jesuitischen Indianerreduktionen ausfindig machen und rekonstruieren, obschon es meines Erachtens nicht viel zu rekonstruieren gab, weil die Argentinier tabula rasa gemacht haben. Nur in Uruguay konnte man noch Überreste finden: eine durch und durch trostlose Unternehmung, die allein vom schlechten Gewissen finanziert wurde. Nur für das Rauschgift wollte der Staat nicht aufkommen, das mußte ich bezahlen. Jeder Brief war eine Bitte um Geld. Und jeder Brief war länger als der vorangegangene, weil sie glaubte, mir gegenüber ihre Diskretion aufgeben zu müssen, um an mein Geld zu kommen. Wahrscheinlich gehören diese Briefe zu den schönsten Liebesbriefen der Weltliteratur, aber sie sind eine furchtbare Fiktion, weil sie zu nichts anderem geschrieben wurden, als um Geld für Stoff zu kriegen. In Wahrheit hatte sie gar kein Talent für Nähe, und die ganze Leidenschaft, die verzehrenden Anrufungen und Schwüre waren nichts als Literatur. Eine begabte Schriftstellerin, jedenfalls habe ich nie wieder etwas gelesen, was mich so unmittelbar getroffen hätte. Und ganz nebenbei bin ich ein Spezialist für die Jesuiten in Uruguay geworden.
Während der Alte noch sprach, kramte er aus der Innentasche seines Jacketts eine Brieftasche aus feinem weichen Leder hervor, die er eine Zeitlang anstarrte.
Wollen Sie ein Foto von ihr sehen, fragte er, und als ich nur stumm nickte, öffnete er ein mit einem Druckknopf versehenes Fach und holte eine ziemlich abgegriffene Fotografie heraus, die er mit zittrigen Fingern vor mir auf den Tisch legte.
Ich wollte gerade nach ihr greifen, als der Taxifahrer in den Garten kam, um den alten Herrn wieder abzuholen.

Ohne weitere Umstände stellte er sich hinter den Krankenstuhl und schob den Alten mit den Worten: »Na, dann wollen wir mal« über den Kiesweg zur Gartentür. Es ging alles so schnell, daß ich mich nicht einmal richtig verabschieden konnte. Jedenfalls war ich plötzlich allein, und vor mir lag die eingedunkelte Fotografie eines Mädchens.

11

Die Stille, die sich mit dem Abgang des Alten über den Garten gelegt hatte, war beunruhigend und monumental. Mir war, als wollten alle Gegenstände zu reden und zu lästern beginnen, um einen notwendigen Kommentar abzugeben, aber jeder wollte dem anderen den Vortritt lassen. Selbst die Vögel hielten den Schnabel. Und auch mein Gehirn, eben noch angespannt bis zur Überdrehung, um jedes Wort des Alten aufzunehmen und zu verarbeiten, hatte seine Tätigkeit eingestellt. Ich konnte mich kaum noch an die Einzelheiten seines Gesichts erinnern, nur sein tänzelnder Finger schien noch über dem Tisch zu schweben. Der Alte hatte mir, natürlich absichtlich, daran gab es keinen Zweifel, das wertvollste Stück seines Lebens hinterlassen, eine Ikone, an der offenbar seine ganze Existenz hing. Wenn ich, der Fremde, seine lange und verzweigte Rede richtig verstanden hatte, wollte er, daß ich mich auf die Suche nach dieser Frau begeben sollte. Aber warum? Ich hatte keinen Auftrag. Was sollte ich ihr sagen, selbst wenn ich sie fände? Schöne Grüße vom Großvater, er lebt jetzt im Altenheim. Ich wußte nicht einmal seine Adresse, an die sie einen weiteren ihrer unerhörten Liebesbriefe schicken konnte. Ich war mir auch sicher, daß der Alte keine Kopie des Fotos besaß und keine andere Aufnahme. Mich allein hatte er zum Erben gemacht. Zum Erben? Vielleicht hatte er die Italienerin in seinem Testament bedacht, und weil er, zu Recht, davon ausging, daß weder seine Tochter noch sein Enkel und schon gar nicht Max, der Dieb, einen Finger krümmen würden, um das Geld zu teilen, war ich, der selbsternannte Experte für Indianer-Reduktionen in Uruguay, dazu auserwählt worden, mich auf den Weg zu machen. Deshalb hatte er mich gefragt, ob ich genügend Mittel hätte, meine Forschungen zu einem guten Ende zu bringen. Und in einem Anfall von Größenwahn, begleitet von dem Jubel der wieder erwachten Vögel, sah ich mich bereits durch den Urwald reisen, um der italienischen Doktorin, tief im Busch, die gute Nachricht von der Erbschaft zu überbringen. Selbstverständlich würden wir den Rest unseres Lebens gemeinsam der Forschung widmen, in einer wiederhergestellten Indianersiedlung den christlichen Kommunismus als Alternative zu der im Zerfall begriffenen Ideologie der Globalisierung pflegen und stolz und autark ausschließlich die selbst angebauten Früchte der Erde verzehren. Ich spürte, wie mein Gehirn wieder zu arbeiten anfing und für seine exzentrischen Spaziergänge ein Zentrum zu finden beabsichtigte. Mühelos konnte ich mir meine vom Haupthaus abgetrennte Bibliothek vorstellen, von den Indianern mit Hingabe und Stolz aus den besten Hölzern gezimmert, ich sah die Reihen der unverzichtbaren Bücher mit dem Hamann in der Mitte, den großen Schrank mit den Gedichtbänden in allen Sprachen der Welt, die Griechen und Lateiner, die Philosophen und Kunsthistoriker, die kleine Sammlung kluger Ökonomen und die große, bilderreiche Galerie der landwirtschaftlichen Spezialwerke, aus denen die Indios nach der Arbeit ihre Kenntnisse entnahmen. Vor meinem riesigen Arbeitstisch, einem Geschenk der Italienerin, an dem im 18. Jahrhundert der spanische Präfekt seine Todesurteile signiert hatte, stand ein kleiner Schrein mit sämtlichen Originalausgaben von Borges, dessen gut schließende Glastür die zahlreichen Insekten daran hinderte, den Dichter mit mehr als nur Hingabe zu lesen. Diese zwar stets gefährdete, letztlich aber stabile Idylle, die sich wie ein Bild auf einem Bildschirm rasch vor mir aufbaute, verdankte ich keinem anderen als dem eben verschwundenen Großvater, der seiner großen Liebe, die nun im Handumdrehen meine Lebensliebe geworden war, nachtrauerte, der mit hypochondrischem Scharfsinn gerade auf mich zugegangen war, einen zufälligen Gast im Haus seiner Tochter, der ihn, den alten Mann im Rollstuhl, nur deshalb anhören konnte, weil er im Fußballspiel sich so ungeschickt benommen hatte, daß die Tochter, auf der Suche nach einem Babysitter, ihn zur Reinigung ins Haus gebeten hatte. Eine vollkommene Kette. Eine Art Kriminalroman. Denn eigentlich sollte ich jetzt herausfinden, auf welche gewiß sinistre Weise der Alte sein Geld gemacht hatte, das mir ein Leben im Urwald ermöglichte. Rauschgift? Dann hätte er einen perfekten Kreislauf geschaffen, indem er mit dem Vermögen, das er mit Rauschgift erworben hatte, die Sucht seiner Geliebten bezahlt hätte, die natürlich als meine Ehefrau von diesem Laster ihrer Jugend geheilt worden wäre.

Es war Zeit, das Bild in die Hand zu nehmen. Ich mußte überprüfen, ob meine Vorstellungen, die ich mir seit des Alten Erzählung von der Frau gemacht hatte, mit dem Porträt, wie es die Fotografie zeigte, übereinstimmten. Genauer gesagt: Mich interessierte plötzlich brennend die Frage, wo sie nicht übereinstimmten, denn daß meine Phantasie ein ganz eigenes Bild entwickelt hätte, kam mir nicht in den Sinn. In diesem Haus ohne Namen waren Identifizierungen ohnehin schwer, man mußte, um sich zurechtzufinden, seine physiognomischen Fähigkeiten anstrengen. Ich erinnerte mich plötzlich an einen Lehrer in der Schule, unseren Lateinlehrer, der sich nicht einen einzigen Namen seiner Schüler merken konnte. »Die mit dem Pferdeschwanz«, nannte er Eva-Maria Loch, die sich schon nach wenigen Jahren lateinisch unterhalten konnte und heute eine Autovermietung leitet. Sie gehörte zu den interessanten Spezialbegabungen. Aber als die Schule vorüber war, wies sie die Perspektive, Lateinlehrerin zu werden, weit von sich. Als Abiturarbeit hatte sie das erste Kapitel von Robert Musils »Mann ohne Eigenschaften« ins Lateinische übersetzt, und zwar fehlerlos. Da meine eigenen Lateinischkenntnisse zu wünschen übrigließen, kam sie häufig zu mir nach Hause und brachte mir allerhand bei. Zum Vokabelüben mußten wir die Tür schließen, weil sie sich immer, wenn ich einen Fehler machte, etwas wünschen durfte. Sie konnte alles fordern, ich mußte alles geben. Seit sie die Chefin der Autoverleihfirma geworden ist, steht sie jede Woche in der Zeitung. Immer neue Liebschaften, die sie aussaugt und liegenläßt, wie sie mich damals hat liegenlassen, als ich nichts mehr zu bieten hatte. Allerdings kam es meinem Naturell entgegen, daß Eva-Maria mir die Spielregeln des Lebens beibrachte, ich selbst wurde in meinen Zeugnissen stets als passiv beschrieben, als einer, der nicht auffällt. Ich war bis zur Bockigkeit in mich gekehrt. Wenn es möglich war, spielte ich Schach gegen mich selbst und freute mich, wenn einer von uns beiden gewann. Vom Sport war ich

wegen eines Herzleidens suspendiert, sogar an Wandertagen durfte ich entschuldigt fehlen. Merkwürdig, welche sonderbaren Einzelgänger einfach mitgezogen wurden, ohne großes Murren seitens der Schulleitung. Wahrscheinlich ergeht es Marcel nicht viel anders, nur hält er, anders als ich, diese Duldung für normal. Wenn ich von unserem Lateinlehrer aufgerufen wurde, hieß ich »der Stumme«. Was hat der Stumme dazu zu sagen? rief er höhnisch, weil er wußte, daß ich nichts zu sagen hatte. Umsonst. Die große »Apotheose des Umsonst«, wie ich später bei einem meiner Lieblingsschriftsteller las. Als ich kürzlich den Lehrer auf der Straße traf, wußte er plötzlich meinen Namen. Ein alter Mann, längst pensioniert, auf Krücken, weil man ihm das rechte Bein abgenommen hatte. Raucherbein, kam er mir zuvor. Ich mußte, was ihr mir verweigert habt, mit Rauchen kompensieren, krähte er fröhlich, bis zu vier Packungen täglich. Während er munter drauflosredete – ich habe alles gehaßt, euch, die Schule und mich –, versuchte ich krampfhaft, mich an seinen Namen zu erinnern, vergeblich. Und als ich mich endlich von ihm befreit hatte, rief er mir fröhlich hinterher: Dr. Lautensack, mein Name ist Dr. Lautensack, mildernde Umstände, wenn ich bitten darf.
Ich nahm das Foto in die Hand und ließ Daumen und Zeigefinger über den unregelmäßigen Beschnitt wandern. Eine junge Frau mit kurzen Haaren, heller Bluse und langen dunklen Hosen stand zwischen einer Gruppe von sechs Indianern, die sich allesamt die Arme um den Leib gelegt hatten, als wollten sie sich schützen. Alles Männer, vier auf der rechten Seite, zwei links. Sie sahen in ihren ärmlichen Kleidern nicht gerade so aus, als hätten sie einen leichten Zugang zur Welt gefunden. Eher

grimmig, verschlossen, weltfremd. Die Frau hatte ihre Arme um die beiden neben ihr stehenden Männer gelegt, ihre Hände lagen wie winzige Tiere auf deren Schultern. Im Hintergrund eine Baracke mit zwei Fenstern, aus denen Wäschestücke hingen, am Bildrand rechts ein Hund, der ein Hinterbein in die Luft streckte, um sich am Unterbauch von Flöhen zu befreien, wodurch sein Gesicht abgewandt war. Kein Himmel, keine Weite, nur bedrückende Trostlosigkeit. Die Frau lächelte. Es war ein sonderbares Lächeln, das ich mir später genauer ansehen wollte. Ich wollte es mir aufsparen. Sie lächelte, als hätte der Fotograf gesagt, sie solle nicht so finster in die Kamera schauen. Ein Lächeln wie feiner Rauch.

Die Art von Fotos war mir natürlich bekannt. Amateurbilder. Die Geschichte der Ethnologie besteht aus solchen Fotos, die nur durch neue Techniken der Vergrößerung gleichsam verbessert wurden. Als die Kunstfotografie in die Ethnologie eingeschleust wurde, war alles schon vorbei. Die Traurigkeit der alten Fotos vermittelte noch die Traurigkeit des elenden Geschäfts, an dem die Forscher freiwillig beteiligt waren. Nie lachte einer der Eingeborenen, als seien das Lachen und der Triumph den Weißen vorbehalten. Irgendwie war ich beruhigt, daß die Italienerin nicht lachte. Vielleicht lächelte sie aus Scham. Immer, wenn mein Blick ins Zentrum des Fotos wanderte und an dem Gesicht der Italienerin hängenblieb, zwang ich mich dazu, ihn wieder abzuwenden. Ich wollte mir ihr Gesicht langsam einprägen, schrittweise, ihre Schwächen und Krisen langsam entziffern, aber es war hoffnungslos, der fiebrigen Wachheit ihrer Augen zu entgehen. Sie schaute mich nicht nur an, sie sprach bereits zu mir, und zwar mit einer Klarheit, die mich erschreckte. Ich mußte das Foto umdrehen, um diesen Strom zu unterbrechen.

Als Marcel den Garten betrat, fand er mich mit klopfendem Herzen am Tisch sitzen, die auf dem Gesicht liegende Fotografie mit dem gezackten Rand vor mir. Auch die Kaffeekanne, die beiden Tassen und die Wassergläser standen noch herum, Zeugen eines Gesprächs, das mich wie verwandelt zurückgelassen hatte. Ich saß in einer Zone der Kälte und träumte heftig von Wärme und Ausgeglichenheit. Hat dir Großvater die große Liebe seines Lebens übergeben? fragte er und griff nach dem Foto, das ich schnell mit der flachen Hand bedeckte. Ich glaube, er will sie noch einmal wiedersehen. Meine Mutter behauptet, die Frau wohnt jetzt in Deutschland, und Großvater hätte uns nur deshalb nicht seine neue Adresse verraten, weil er ungestört mit ihr leben will.

Die kalte Gleichgültigkeit, mit der Marcel von der Liebe seines Großvaters sprach, machte mich verlegen. Jetzt war er, in diesem Bungalow der extremen Metamorphosen, wieder der Rotzlöffel, der, seinen Kaugummi kauend, die Welt nach seinen Vorstellungen vermaß. Wahrscheinlich hatte er in der Schule, oder wo er sich sonst herumgetrieben haben mochte, wieder aufgetankt, um den Abend zu überstehen. Ich hatte mir geschworen, richtig reagieren zu wollen, aber jetzt fehlten mir erneut die passenden Worte. Nicht einmal eine ordentliche Begrüßung brachte ich zustande.

Meine Mutter hat Angst, daß er mit ihr sein Geld verpraßt und für uns nichts übrigbleibt.

12

Ich blieb allein und irgendwie verdattert in dem zunehmend unwirklicher werdenden Garten sitzen, dessen dichte Hecke mit den in sie hineingedrehten Wicken in der beginnenden Dämmerung immer mehr einer Mauer ähnelte, welche die seltsamen Vorgänge im Haus meiner Gastgeberin abschirmte. Ich hatte das Foto von Isabella und den Eingeborenen in die Hand genommen und bewegte die Fingerkuppen an dem gezackten Rand entlang, ohne das Bild selbst anzuschauen. Wahrscheinlich würde es sich gar nicht vermeiden lassen, eine Reise nach Argentinien und Uruguay anzutreten, um an Ort und Stelle den Spuren nachzugehen, die sich nun seit geraumer Zeit, zu Hause und selbst hier in Hamburg, zeigten und verwirrten. Eine solche Reise, da war ich mir sicher, würde mein bisheriges Leben auf den Kopf stellen, denn von dem Augenblick an, da mir die Idee zu diesem Aufbruch kam, stand auch fest, daß sie auf einen Abbruch meiner bisherigen Lebensgewohnheiten abzielte. Die Fortführung meiner Arbeit für das »Politische Buch« ließe sich nicht mit der genaueren Erforschung der Überreste der Indianerreduktionen vereinbaren, und schon gar nicht konnte ich mir ein Festhalten an meiner süddeutschen Existenz vorstellen, wenn es mir gelänge, Isabella im Urwald aufzuspüren. Aber während ich mir, auf den knallgrünen Rasen und die Hecke starrend, immer deutlicher ein Leben an einem anderen Ort vorstellen konnte, das mit meinem bisherigen Leben nicht vergleichbar war und schon gar nichts zu tun hatte mit dem der Bewohner des Hauses in meinem Rücken, spürte ich in mir eine bedrohliche Schwere, die so lastend war, daß mir jede Bewegung auf ein anderes Ziel hin als vollkommen unmöglich vorkam. Wie eine Plastik aus Gips saß ich auf meinem harten Stuhl, erstarrt an Kopf und Gliedern. Die Bachstelzen, die eben noch ohne Anstrengung über den Rasen getrippelt waren, hatten sich offenbar ein anderes Grundstück gesucht, wo man sie besser behandelte, dafür schwebte jetzt eine Krähe über die Hecke herein und ließ sich in einiger Entfernung mit schräggestelltem Kopf nieder, als wolle sie horchen, ob der Boden Signale für sie hätte. Ein pechschwarzer Facharzt für Chirurgie, der sich seiner Würde bewußt war. Schon begann er, sonderbar gereizt, eine Wunde im Rasen freizulegen, aus der er, mit zuckendem Kopf, triumphierend einen Regenwurm zog, mit dem er in östlicher Richtung davonflog. Ich frage mich selten, warum ich das Leben lebe, das ich lebe, aber jetzt, da die Krähe mit schlappen Schwüngen aus meinem Blick verschwunden war, schien sich diese Frage – gegen jede Hoffnung auf eine Antwort – wieder einmal hervorzuwagen. Die Feststellung, so oder so, aber auf keinen Fall anders, möchte ich mein Leben führen, war mir nie in den Sinn gekommen. Es gab kein »anderes« Leben. Es war sinnlos, den Weg zu suchen, der einen in ein anderes Leben führen konnte. Ein anderes Leben! Ich erschrak über die peinliche Sentimentalität, die sich meiner bemächtigen wollte. Ich dachte daran, welche physischen und psychischen Qualen die Indianer hatten erdulden müssen, um aus ihrem von der Natur bestimmten Leben in die Ordnung überzuwechseln, welche die Missionare mit dem Versprechen des ewigen Lebens für sie vorgesehen hatten. Sie wurden krank. Sie starben buchstäblich wie die Fliegen. Was, außer dem unerhörten Glücksversprechen, hatten sie davon, in einem Schnellkurs die Gesetze der Zivilisation zu erlernen? Sie wußten nun, was ein Kalender ist. Sie konnten die Uhrzeit ablesen. Sie sahen den Himmel anders als vorher, nachdem sie durch ein Fernrohr geschaut hatten. Sie begannen zu rechnen und zu lesen, erst den Katechismus, dann die Dokumente der Grausamkeit, schließlich das Steuerregister, das hinfort, weil es die Abgaben an die Krone auflistete, ihr Leben stärker bestimmte als die Jahreszeiten. Und am Ende, als sie endlich gelernt hatten, gehorsame Untertanen eines fernen, unbekannten, nur als Gemälde anwesenden Königs zu sein, der in der neuen, schwer begreiflichen Hierarchie noch unter Jesus, aber über den Patres stand, wurden sie, unter ihnen nicht verstehbaren Gründen, wieder in den Urwald zurückgetrieben, wo sie sich, inzwischen entwöhnt, wieder mit der alten Ordnung vertraut machen mußten – wenn sie nicht einer Horde marodierender spanischer Soldaten in die Hände fielen und entweder ermordet oder in die Sklaverei getrieben wurden. Etwa um diese Zeit begann in Europa die lange Nacht, die als Aufklärung in die Geschichtsbücher eingegangen ist. Ein anderes Leben ist eine Chimäre.

Besser nichts wollen, dachte ich, kein Ziel- und Zweckdenken sollte meine Vorstellungen über mein künftiges Leben in eine bestimmte Richtung drängen. Ich hatte Zeit, sich etwas ereignen zu lassen. Und schon kam mir in den Sinn, eine Wanderung zu machen, quer durch Schleswig-Holstein oder durch die Lüneburger Heide,

um die Entscheidungen, die ich früher oder später zu treffen hatte, auf die Folter zu spannen. Sie müßten mich heimsuchen, überfallen und überwältigen, ich selbst wollte ihnen keinesfalls entgegenkommen. Aber in dem Moment, als ich mich erheben wollte, um Marcel meinen Entschluß mitzuteilen und ihn um eine Wanderkarte zu bitten, fühlte ich wieder die mich verblüffende Schwere, die sich in meinem Körper eingenistet hatte. Von der Aussicht, mich auf den Weg machen zu können, war ich offensichtlich noch weit entfernt.
Also bleiben. Wenn anderes meine angespannten Sinne nicht zu fesseln vermochte, würde ich mich um Marcel kümmern, der Hilfe nötig hatte, Beistand. Und wenn er nicht will, daß ich ihm beistehe, oder die Mutter sich jede Einmischung in ihr nicht erkennbares Erziehungskonzept verbittet, dann wäre es auch gut. Er hat noch ein Stück Tag vor sich, und ich will nicht das Gegenteil von dem bewirken, was ich mir erhoffte. Und was erhoffte ich mir wirklich? Ich brauchte nichts anderes als einen Bleistift und ein Stück Papier, um mir die Sentimentalität aus dem Leib zu schreiben.
Marcel kam mit offenen Turnschuhen auf die Terrasse und fragte, warum ich so besorgt aussähe. Er hatte ein Glas Milch in der Hand, aus dem er, mich über den Rand musternd, in kleinen Schlucken trank, als sei die Milch entweder sehr kalt oder heiß. Ich hätte gerne etwas geantwortet, aber einmal fiel mir nichts ein, was ich zur Erklärung meines vergrübelten Gesichts gerade ihm anvertrauen konnte, weil ich auf gar keinen Fall verraten durfte, daß er der Anlaß meiner Besorgnis war, und andererseits war mir nicht danach, nur ausweichend irgend etwas zu sagen. In der Pause, die so entstand, bemerkte

ich plötzlich die Fotografie in meiner Hand, die mir nun wie eine Rettung erschien.
Kennst du diese Frau? fragte ich ihn und hielt ihm wie beiläufig, ohne ihn anzusehen, die Fotografie hin, die er, nachdem er sich die rechte Hand an seiner Hose abgewischt hatte, vorsichtig entgegennahm.
Er sah auf das Foto und ließ seine Finger, wie ich es getan hatte, über den gezackten Rand gleiten. Wieder entstand eine der langen Pausen, wie sie zwischen uns üblich waren. Ein Fremder, der uns beobachtet hätte, hätte uns für zwei alte Männer halten müssen, die ihr Leben lang an einem Ritual hingen, das ohne Sprache auskam. Ein Lachen stieg in mir auf, das ich nur mit Mühe unterdrükken konnte, so daß ich, wie ein Ertappter in einer schlechten Komödie, hustete, um mich wieder zu berappeln.
Sieht aus wie eine Fußballmannschaft mit einem weiblichen Trainer, sagte Marcel und warf die Fotografie auf den Tisch, als sei damit alles gesagt.
Das ist die Freundin deines Großvaters, sagte ich, er hat dieses Foto hier vergessen.
Vergessen? fragte Marcel sehr schnell zurück, als hätte ich einen Fehler begangen, den er sofort korrigieren wollte. Wenn er das Foto liegengelassen hat, dann mit Absicht.
Und mit welcher Absicht?
Sie haben doch gesehen, in welcher Verfassung mein Großvater ist, brummte Marcel, dem diese Unterhaltung entweder unangenehm war oder der er eine andere Wendung geben wollte. Wahrscheinlich sollen Sie herausfinden, wo sie steckt, wenn sie noch am Leben ist. Das können Sie sich doch selber denken. Sie sollten sich nur beeilen, denn mein Großvater wird nicht mehr lange leben. Man sieht doch, daß er todkrank ist.

Durch das Eintreffen der Mutter – wie immer mit einer Sonnenbrille bewaffnet und mit meiner Tasche über der Schulter – wurde ich von der Fortsetzung dieses Gesprächs befreit, das mir unangenehm zu werden begann. Sie stellte die Tasche nicht, wie ich erwartet hatte, auf den Boden, sondern auf den Tisch vor mir, so daß ich mit einer schnellen Bewegung gerade noch die Fotografie retten konnte, die ich linkisch in meiner Hemdtasche verstaute. Ich konnte sie sofort durch den Stoff hindurch spüren, aber nicht nur das, ich spürte, wie mir das Blut in den Kopf stieg, so daß ich vor lauter Verwirrung kaum den Gruß erwidern konnte, den die Frau, die neben mir stand und selbst auch nach Luft schnappte – wegen des Hamann, ging mir durch den Kopf –, erwarten durfte.
Großvater hat ihn gebeten, Isabella zu suchen, sagte Marcel in die Stille hinein.
Das wird er schön bleiben lassen, sagte die Frau, wie aus der Pistole geschossen, in einem so kalten Ton, als hätte ich die Gesetze der Gastfreundschaft verletzt. Sie hatte sich, wie schon gestern, als ich sie vom Badezimmerfenster aus beobachtet hatte, den rechten Arm um den Leib gelegt und zupfte sich aus ihrer Handtasche mit der Linken nervös eine Zigarette, die sie, am ganzen Körper zitternd, mit einem Plastikfeuerzeug anzündete.
Der Großvater wird närrisch, sagte sie dann, rauchend, versöhnlerisch, als hätte sie meine Verkrampfung bemerkt, die sich sofort leicht zu entspannen begann, auch wenn ich noch immer stocksteif auf meinem Stuhl hockte, unter ihr, wie ich feststellte, wie unter einem Mikroskop.
Ich muß aufstehen, um meine Fassung wiederzuerlangen, dachte ich, nur wenn ich ihr in die Augen sehe, bin

ich zu einer Unterhaltung fähig. Auch der König sitzt, aber man nähert sich ihm in gebührender Entfernung, so daß ein Ausgleich stattfindet; nur der Intrigant, der Einflüsterer und der Speichellecker stehen so dicht neben ihm, daß es ihm vorkommen muß, als würden sie sich über ihn lustig machen. Und hatte Marcel, die Petze, mich nicht lächerlich machen wollen?

Daß es Zeit gewesen war, auf die Beine zu kommen, sah ich an der Veränderung der Züge in Marcels Gesicht. Eben noch die Lässigkeit in Person, mußte er jetzt, da ich mit einem heftigen Ruck aufgestanden war, annehmen, daß die Veränderung meiner Haltung ihm gelten mußte. Jedenfalls zog er sich ohne jeden Kommentar in das Haus zurück und war auch nicht durch mehrfach wiederholte Fragen der Mutter nach seinem Hunger zu einer Antwort zu bewegen.

Als die Frau und ich nun, Auge in Auge, voreinander, standen, war ich überzeugt, sie würde mich bitten, ihr Haus sofort zu verlassen, und ich war schon dabei, meine Hand nach der Tasche auszustrecken, um mich unter ihren Blicken zu trollen, als sie ihrerseits die Hand mit der Zigarette hob, um mir damit sanft über den Kopf zu streicheln. In dem Zustand, in dem sie sich befand, das sah ich nun in ihren Augen, bedeutete jede Trennung eine so maßlose Enttäuschung, daß ich meine Hand, die schon den Griff der Tasche umklammert hielt, löste und ihr auf die Schulter legte.

Ich bleibe, sagte ich, ohne auf ihre Frage gewartet zu haben.

Mein Vater ist verrückt geworden, antwortete sie. Sie müssen mir helfen, ihn in Schach zu halten, sonst bringt er mich um.

Ich bin kein Liebhaber der Psychologie und habe mich immer an Erfahrungen gehalten, wenn es um die Beurteilung von Menschen ging, aber in diesem Moment, da alle Erfahrungen zu nichts nutze waren, hätte ich mir gerne psychologischen Beistand gewünscht. Es ging, wenn sie die Wahrheit sprach, um Mord, allerdings nicht um einen gewöhnlichen Mord, wie er in diesen Kreisen ja nicht selten war, sondern um eine Auslöschung. Wenn ich richtig verstanden hatte, wollte der Vater vor dem eigenen Tod, der nach Marcels Ansicht schon vor der Tür stand, die Familie eliminieren, und da er es, nach Ansicht meiner Gastgeberin, bereits geschafft hatte, die eigene Ehefrau in den Tod zu treiben, mußte er sein Zerstörungswerk nun an seiner Tochter und dem Enkelkind vollenden, dessen Vater er bereits auf dem Gewissen hatte.
Er wird nicht eher Ruhe geben, sagte sie nun mit entschlossener Miene, als seien ihr und Marcels Tod beschlossene Sache und jedes Auflehnen zwecklos. Und er wird sein Netz so spannen, daß nicht er als der Schuldige dastehen wird, sondern ein anderer. Lange Zeit, sagte sie, habe ich geglaubt, daß sein Faktotum Max uns um die Ecke bringen würde, denn anders konnte ich mir das sonderbare Verhältnis, die verrückte Anhänglichkeit nicht erklären. Warum hat mein Vater zugelassen, daß Max ihn nach Strich und Faden betrog? Warum hat er ihn, der ihm das Geld aus der Tasche zog, nicht zum Teufel geschickt? Aber es muß einen Punkt gegeben haben, ab dem er ihm dieses Verbrechen nicht mehr zugetraut hat. Seine Sauferei, seine Unzuverlässigkeit, seine wehleidige Bösartigkeit. Irgendwann muß er eingesehen haben, daß Max nur noch auf der Welt war, um ihn, den Vater, zu überleben. Er wurde zu einer wirklichen Bedrohung. Ein

Stoß gegen den Krankenstuhl, und mein Vater wäre in der Alster ertrunken. Ein vergiftetes Essen. Der Vater hat wohl gemerkt, daß er sein Leben in die Hände von Max gelegt hatte und nicht mehr bestimmen konnte, was dieser damit machte. Max weiß alles. Max kennt die Geschichte meines Vaters in allen schmierigen Einzelheiten. Selbst der Hund, der auf Befehl jeden Menschen zerfleischen würde, hörte zum Schluß mehr auf Max als auf die Befehle des Vaters. Also mußte Max weg! Und wie beseitigt man ihn, ohne sich die Hände schmutzig zu machen? Er mußte sich nur von ihm trennen und ein wenig Geld hinterlassen. Jetzt säuft er sich zu Tode. Ich war schon einige Male im Krankenhaus, um ihn zu identifizieren, weil er, im Koma, nur noch meine Adresse bei sich hatte. Es wird nicht mehr lange dauern, darauf können Sie wetten.

Es war kühl geworden im Garten, frisch, wie die blonde Frau sich ausdrückte, die nun, wenn sie nicht rauchte, beide Arme um ihren Körper geschlungen hielt und so erbärmlich aussah, daß ich fürchtete, sie würde gleich zusammenfallen. Aber sie hatte offenbar vor, mir »unter freiem Himmel« noch das Ende ihrer Überlegungen mitzuteilen. Da sie mich um Hilfe in dieser üblen Situation gebeten hatte, war ich doch überrascht, als sie mir nun auseinandersetzte, daß der andere, den der Großvater für die schmutzige Arbeit sich ausgedacht hatte, ich sein sollte.

Ja, Sie.

Ich? rief ich in ihr plötzlich verhärmt aussehendes Gesicht, wieso soll ich an Ihrer Auslöschung beteiligt sein? Wie konnte sie mir, der ich doch gerade erst in ihr Haus geweht worden war, eine so perfide Absicht unterstellen?

Und dennoch spürte ich, wie sich in meinen erregten Protest, der sogar, der Lautstärke wegen, Marcel in die offene Glastür trieb, wo er mit gerunzelter Stirn und hochgezogenen Augenbrauen stehenblieb, etwas Falsches einschlich, ein hysterischer Unterton, der im Gerichtssaal bereits ein Eingeständnis meiner Mitwisserschaft bedeutet hätte.
Die blonde Frau nahm mich am Arm und ging mit mir ein Stück in den Garten hinunter in Richtung Straße, damit Marcel nicht hören konnte, wie sie mit seinem zukünftigen Mörder sprach.
Ja, Sie, wiederholte sie, als wir bei der Hecke angekommen waren. Ich hörte ein Auto kommen und vorbeifahren, Fußgänger waren in dieser Gegend offenbar unbekannt. In der Hecke knackte es, dann flog ein erschrecktes Rotkehlchen auf und davon.
Mein Vater hat sich Sie ausgesucht, und nun kommt es darauf an, wie Sie sich anstellen. Hat er Ihnen nicht das Foto seiner Geliebten überlassen, das er kaum jemandem auch nur von weitem gezeigt hat? Hat er Sie nicht gebeten, nach ihr zu suchen? Aber vorher müssen Sie noch ein wenig Arbeit übernehmen. Ich würde mich nicht wundern, wenn in den nächsten Tagen ein größerer Betrag auf Ihrem Konto landete, eine Anzahlung, die ausreicht, sich für immer aus dem Staub zu machen. Aber vorher müssen Sie mir, als mein Geliebter, die Papiere stehlen, die ihm so viel bedeuten, weil sie ihn als Betrüger und indirekt auch als Mörder ausweisen. Und hat er endlich die Papiere, müssen Sie mir noch mein Gedächtnis auslöschen. Vielleicht läßt er Marcel laufen. Vielleicht vermacht er Ihnen so viel Geld, daß Sie, als Mörder seiner Mutter, mit Marcel nach Uruguay gehen können.

Dann haben Sie lebenslang Marcel am Hals, so wie der Vater Max am Hals hatte. Die Situation also ist klar.
Mit diesen Worten griff sie mir, ohne Ankündigung und wie absichtslos, als wolle sie ein Insekt verscheuchen, mit der zigarettenfreien Hand in die Brusttasche meines Hemdes – ihres Hemdes, wie mir durch den Kopf ging – und zog das Foto hervor. Nun hatten wir alle vier das Foto mit Isabella und den Eingeborenen in der Hand gehabt, es war durch alle Hände gegangen. Sie betrachtete es lange, aber wie abwesend.
Sie hatten doch vor, nach Uruguay zu reisen? fragte sie mich nun, ohne aufzublicken.
Ich habe mit dem Gedanken gespielt, antwortete ich flau, wegen meiner Indianerforschungen. Als ich heute im Institut die Akten durchgesehen habe, kam mir tatsächlich in den Sinn, einmal die Überreste der jesuitischen Reduktionen aufzusuchen. Aber es war bloß eine flüchtige Idee.
Aber nach dem Besuch meines Vaters wurde aus der flüchtigen Idee ein fester Wunsch, sagte sie, oder irre ich mich?
Ich war zu verwirrt, um ihr eine wahrheitsgemäße Antwort zu geben, und als ich sah, daß Marcel noch immer in der Glastür stand und offenbar jede unserer Bewegungen verfolgte, war ich vollends unfähig, auch nur einen zusammenhängenden Satz zu formulieren.
Ich habe es gewußt, sagte die Frau. Sie blickte noch einmal auf die Fotografie und zerriß sie dann mit übertriebener Sorgfalt in winzige Schnipsel, die langsam und sorglos aus ihrer Hand zu Boden trudelten. Ich gestehe gerne, daß die kurzen Geräusche des Zerreißens mir fast den Atem nahmen, und ich gebe zu, daß ich keine Sekunde daran gedacht habe, das Zerstörungswerk aufzuhalten.

13

Das Abendessen verlief mehr oder minder sprachlos. Ich hatte Spaghetti *al pesto* gekocht, weil außer Fertiggerichten nichts Verwertbares in der Küche zu finden war, nicht einmal Salat oder Gemüse. Die Frau hatte, während ich in der Küche hantierte, bei geschlossenen Fenstern weinend und wimmernd auf dem weißen Sofa im Wohnzimmer gelegen, und Marcel saß bei mir und las hingegeben in einem Buch. Er war nicht dazu zu bewegen gewesen, der Mutter Gesellschaft zu leisten. Sie weint, sagte er, als er wieder zu mir in die Küche kam, wenn sie weint, kann ich nicht lesen.

Was liest du, fragte ich ihn, erhielt aber keine Antwort. Als ich fertig war, holte er die Mutter, die sich im Spülbecken das Gesicht wusch, ohne jede weitere Erklärung und ohne jeden Gruß, und sich dann mit dem schon nicht mehr sauberen Küchenhandtuch abtrocknete. Sie hatte rote Augen. Wie ein Kaninchen sieht sie aus, dachte ich, als sie sich über den Teller beugte und mit großer Mühe die Spaghetti zu sich nahm. Die Geräusche, die wir beim Essen machten, waren dem Gericht angemessen, aber sie stellte sich so ungeschickt an, daß sie mit lauten Schmatzgeräuschen die Nudeln in sich hineinziehen mußte, was sogar Marcel auffiel, der auch nicht gerade über ordentliche Tischmanieren verfügte. Es war eine Pein, ihr zuzusehen, und als ihr auch noch zwei Haarsträhnen ins Gesicht fielen und auf den Teller, gab

sie jede Haltung auf, stützte beide Ellenbogen auf den Küchentisch und begann so hemmungslos zu schluchzen, daß es auch Marcel und mir unmöglich war, mit dem Essen fortzufahren.
Es gab nichts zu tun und nichts zu sagen. Auch der Joghurt, den ich aus den Plastikbechern in kleine Schalen umgefüllt hatte, blieb unberührt.
So waren wir alle in unserem Unglück und unserer Schweigsamkeit froh, als uns endlich das offenbar schon lange erwartete Klingeln des Telefons aus unserer Lethargie riß. Jeder richtete sich auf, zum ersten Mal nach langer Zeit blickten wir uns wieder in die Augen. Ich erinnerte mich, wie ich mein erstes eigenes Telefon angestarrt hatte, in der Hoffnung, es würde läuten und mir eine überraschende Nachricht bringen, und wie, als es endlich läutete, die Post nachfragte, ob alles in Ordnung sei. Nichts ist in Ordnung, hatte ich geantwortet und aufgelegt.
Wer sollte abheben? Endlich machte sich Marcel auf den Weg ins Wohnzimmer und kam mit der Mitteilung zurück, der Großvater wolle mich sprechen. Soll ich gehen, fragte ich die Frau, die nur stumm mit den Achseln zuckte. Es lief wohl alles so, wie sie es sich vorgestellt hatte, also forderte sie mich auf, das Gespräch zu führen. Gehen Sie schon, sagte sie müde, und denken Sie an meine Worte.
Der Großvater war in aufgeräumter Stimmung, die um so befremdlicher wirkte, als ich nur einsilbig auf seine vielen Fragen antwortete. Er hatte inzwischen ein paar Bücher über die jesuitische Verschwörung gefunden, die er mir unbedingt anvertrauen wollte, und außerdem hatte er in den Briefen von Isabella gewühlt, die sie ihm aus

dem Urwald geschrieben hatte, in denen eine Fülle genauer Informationen stände, die mich, wie er sich ausdrückte, in ganz neue Richtungen treiben würde. Sie werden Augen machen, krächzte er durch das Telefon. Isabella, wenn Sie sie gefunden haben, und Sie werden ein unschlagbares Paar.

Während er sprach, war die Frau, wie ich in der spiegelnden Fensterscheibe sah, ganz nahe hinter mich getreten, so daß ich annehmen konnte, daß sie die überlaute Stimme des Alten hören mußte, zumal ich den Hörer wegen der Lautstärke nicht an mein Ohr gepreßt hielt.

Und dann fragte die Stimme, ob ich morgen früh um zehn Uhr im *Atlantic* sein könne, zum Frühstück.

Ich drehte mich zu der Frau um, deren Atem ich, wie ich mir einbildete, in meinem Nacken gespürt hatte, und fragte sie mit einer stummen Geste, ob ich einwilligen sollte. Wir waren ja inzwischen durch ihre Offenheit ein verschwörerisches Paar geworden, auch wenn ich, wenn ihre Voraussage sich als wahr erwiese, nach ihrem Leben trachtete.

Sie nickte.

Also gut, sagte ich, um zehn im *Atlantic*. Leider werde ich nicht viel Zeit mitbringen, log ich, weil ich gegen elf im Institut sein muß, um meine Bücher abzuholen. Aber das schien den Alten nicht weiter zu kümmern.

Ich brauche nicht viel Zeit, um Sie ins Bild zu setzen, krächzte er fröhlich, und wenn Sie nicht auf den Kopf gefallen sind, springt etwas für Sie raus. Also Punkt zehn, wiederholte er, und als ich, fast tonlos, bestätigte, fügte er noch hinzu, und sagen Sie meiner Tochter nicht, daß ich Sie sehen werde.

Als ich, am ganzen Leib zitternd und der Frau in die Augen schauend, dem Schwätzer »bis morgen« zurief, kam endlich der Befehl, auf den ich die ganze Zeit schon gewartet hatte: Und vergessen Sie das Foto von Isabella nicht. Bis morgen können Sie sich ihre Gesichtszüge eingeprägt haben, dann kommt sie wieder in meine Brieftasche.

Ich legte gerade noch rechtzeitig das Telefon auf den Sekretär zurück, um die Frau, die bei den letzten Worten immer blasser geworden war, aufzufangen. Wie ein Sack hing sie an meinem Hals, und als ich, bewegungslos, überlegte, ob ich sie auf den Boden gleiten oder auf das Sofa legen sollte, sah ich, wie im Hintergrund Marcel das Zimmer betreten hatte, als sei er ganz zufällig hier erschienen.

Hilf mir, rief ich ihm zu, deine Mutter scheint ohnmächtig geworden zu sein. Er kam mit einem mürrischen, keineswegs beunruhigten Gesicht langsam auf mich zu, als schien er nicht gewillt, noch am Abend eine schwere Arbeit übernehmen zu wollen, packte mißmutig die Beine seiner Mutter und schleifte sie mit mir zusammen zum Sofa, auf das wir sie der Länge nach hinlegten. Dann drehte er sich um und ging seltsam steif und ungelenk aus dem Zimmer, wie ein Stein auf Rädern, dachte ich, der mit allen Mitteln versucht, dem Leben aus dem Weg zu gehen.

Ich legte mein Ohr auf die Brust der Frau und stellte zu meiner Erleichterung fest, daß sie noch lebte. Und als ich mich wieder aufrichtete, hatte sie bereits die rotgeweinten Augen geöffnet. Vielleicht war auch sie erleichtert, so erniedrigend die Situation für sie auch sein mußte. Alle meine Versuche, sie von der Aufrichtigkeit meiner Zuneigung zu überzeugen, waren nur weitere Indizien meiner Machtlosigkeit. Es half alles nichts. Als letzte Möglichkeit fiel mir, hilflos, wie ich war, ein, sie mit stiller Gewalt zu umarmen. Sie glaubte mich durchschaut zu haben, ohne etwas von mir zu wissen, also mußte ich etwas Überraschendes tun, etwas Übertriebenes, um die Grenze, die uns trennte, zu durchstoßen. Trotzdem kam ich mir lächerlich vor, als ich mich neben sie legte und sie, wie ein Plagiator der Liebe, freundlich zu streicheln begann, was immerhin, wie ich zu meiner tiefen Genugtuung feststellen konnte, dazu führte, daß sie nach kurzer Zeit eingeschlafen war.

14

Ich setzte mich an den runden Küchentisch, um meine im Institut gesammelten Notizen und Zitate durchzusehen und zu ordnen, damit ich sie später, zu Hause (wenn ich je wieder nach Hause käme!), in mein anschwellendes Manuskript einfügen könnte, in meine Klage und meine Anklageschrift. Je länger ich über den Indianerreduktionen der Jesuiten brütete, desto deutlicher kam mir zu Bewußtsein, daß keiner der Patres, die uns schriftliche Aufzeichnungen hinterließen, es für nötig gehalten hatte, die Eingeborenen selbst um ihre Lebensgeschichten zu bitten. Lag es daran, daß die Indianer häufig ihre Namen wechselten? Namen konnte man ebenso kaufen wie Frauen, der Preis war eine Decke oder, wenn die Gier, unbedingt einen bestimmten Namen haben zu wollen, übermächtig war, ein Pferd. Was würde ich, ging mir durch den Kopf, dafür geben, in Zukunft Aloataganaiquin zu heißen? Wie kann einer seine Biographie erzählen, der ständig seinen Namen wechselt? Die Patres jedenfalls waren der Ansicht, daß das Leben der Indianer erst mit dem Eintritt in die Gemeinschaft seinen Anfang nahm. Dabei konnte von einem Erweckungserlebnis keine Rede sein, im Gegenteil, auf den vielen tausend Seiten, die ich gelesen habe, gibt es nicht einen einzigen Bericht darüber, daß einer der Indianer freudig in die Reduktion eingetreten war: Keiner hatte sich in des Heilands Arme geworfen. Sie zögerten, sträubten sich, waren

unentschlossen, faul. Und oft genug waren die alten Bande so stark, daß sie nach einer Weile das Leben in der Wildnis dem neuen Leben vorzogen. Am liebsten waren mir die Fälle, wo beide Lebensformen nebeneinanderexistierten, die alte, von heidnischen Mythen beherrschte, und die christliche, die mehr versprach, als sie halten konnte. Folgende Geschichte hatte ich mir herausgeschrieben:
»Ich hatte einen wilden Indianer in Meiner Völkerschaft, welcher mit Weib und Kind ankommen, und eben dieser Indianer selbst ware der jenige, welchen ich ein mahl an statt des Weibs in 6 Wochen ligend hatte angetroffen. Nachdeme er schon viele Monath bey uns im Dorf gelebet, kame unverhoft zu mir, und sagte: Pater! Ich werde nun wiederum ein wenig in die Wildnuß sehen, weilen es höchst vonnöthen, dan ich habe aldort ein Söhnlein begraben, welches sein Händlein aus der Erde hervorstreket, in welches ich ihme das Essen zu geben pflegte. Es ist schon lange Zeit verflossen, daß ich ihn nicht gespeiset habe, ich mus dahero eilends fort, und ihn versorgen. Er liesse sein Weib, und Kinder bey mir, und ritte etlich 100 Meilen in die Wildnuß hinein, wo sein Söhnlein begraben lage, um ihme wiederum Speis in sein Händlein zu legen. Dieß ware der Mühe werth.«
In diesem Stil hatte der Pater Seite um Seite vollgeschrieben, um von seinen Erfahrungen mit den Indianern, die er mit größter Zuneigung aus der »Finsternuß der Heydenschaft« erretten wollte, zu berichten. Er wußte alles von ihnen. Er war Anthropologe und Seelsorger, Psychologe und Sprachforscher, Agronom und Pädagoge und noch vieles andere mehr, aber eigentlich war er ein Bauernbub, den es aus Hunger zu den Jesuiten verschlagen hatte.

Es war so still im Haus geworden, daß ich mein Herz schlagen hörte. Ich beobachtete die Adern auf meiner Hand, in denen sich stoßweise das Blut bewegte. Vor mir stand ein Glas Rotwein, das ich nicht angerührt hatte, daneben der volle Aschenbecher. Die vielen Zettel, die meine Notizen trugen, in einer winzigen Schrift, die mir plötzlich wie die Handschrift eines anderen vorkam, lagen ohne jedes System über den Küchentisch verstreut, Fragmente einer großen und überwältigenden Erzählung, wie sie seither nie mehr geschrieben worden war. Was kam, waren die Erfindungen, Fiktionen, Ausgedachtes, um einer anonym werdenden Gesellschaft ein paar vorbildliche Geschichten unterzuschieben, der arme Heinrich, Dichtung und Wahrheit, der Mann ohne Eigenschaften. Aber wer konnte dem Bauernbub, der ein Jesuit geworden war, das Wasser reichen?
»Wan der Man schon zu viele Kinder von einem Weibe hat, befihlet er die nachfolgende zu tödten, dieweilen ihre Nahrung zu suchen ihm beschwärlich fallet, und in seinen Raysen mit so vielen Kindern verhindert wurde. Ich hörete einmal von diesem barbarischen Müssbrauch, und ware fürwizig zu fragen: Wie viele dan dergleichen unbarmherzige Mütter in unserer Völkerschaft sich befindeten? Und mir wurde geantwortet, daß so viele als Weiber in selber wären, deren einige zwey, andere drey, und andere noch mehrer umgebracht hätten. Und dieses wäre der Gebrauch gewesen ihrer Voreltern, welche auch dergleichen getödte Kinder gefressen hätten, jezo aber wegen Überfluß der Nahrung in die Erde verscharret würden.«
Ich löschte die Lampe und das Deckenlicht, ließ meine Zettel aber in der zufälligen Ordnung auf dem Tisch lie-

gen. Sollte Marcel vor mir aufstehen, würde er vielleicht die Gelegenheit nutzen, sich in diese fremde Welt, in der ein belebter Himmel über der harten, brutalen Erde schwebte, einzulesen und etwas von dem zu verstehen, was mich schon seit Jahren in Bann geschlagen hatte.
Wie ein Fremder, wie ein durch einen alten Text wieder zu einem Fremden Gewordener, schlich ich mich die Treppe hinauf und blieb, mit laut klopfendem Herzen, vor der Reihe der Türen stehen, bis ich mich endlich entschloß, wieder nach unten zu gehen, um meine zweite Nacht in diesem Haus auf der weißen Couch zu verbringen.

15

Ich stieg am Hauptbahnhof aus und machte mich zu Fuß zum Hotel *Atlantic* auf, das ich, wenn ich den Weg, den mir Marcel auf der Karte gezeigt hatte, auf Anhieb fand, in weniger als zehn Minuten erreichen mußte. Da mir allerdings noch zwanzig Minuten bis zu meinem Treffen mit dem Großvater blieben, durfte ich mich ein wenig gehenlassen, so daß ich mir vorkam, als hätte man mir zehn Minuten geschenkt. Schon in der ersten Minute dieser geschenkten Zeit sah ich eine derart große Anzahl eigentümlicher Menschen, die sich auf dem Vorplatz des Bahnhofs in kleinen Gruppen versammelt hatten, daß ich stehenbleiben mußte, um mir Orientierung zu verschaffen. Gekrümmte Gestalten, die vorgebeugt standen und mit den ausgestreckten Armen ruderten; zahnlose Mädchen; robuste Trinker in Sporthosen, die schon zu dieser frühen Stunde Büchsenbier schluckten; alte, zerfledderte Trinker, die zitternden Hände in den Hosentaschen, eine kalte Kippe im verschorften Mundwinkel; ein heruntergekommener Schwarzer mit einer unglücklichen, empörten Miene, dem es nicht gelingen wollte, mit seinen zwei vornehmeren Kunden, die mit schwarzen Hunden an der kurzen Leine lässig vor ihm standen, handelseinig zu werden, und der folglich immer von neuem eine bestimmte Summe nannte, die nach einiger Zeit gar nicht mehr kommentiert wurde. Dieses Grüppchen stand ganz in meiner Nähe, so daß ich sehen konnte, wie der Schwarze, der offenbar dringend das geforderte Geld benötigte, weich wurde, dahinschmolz, Einsicht zeigte, weil er wohl wußte, wie dieses Spiel ausgehen würde. Schließlich öffnete er resigniert seine Faust mit den hellen Fingernägeln und ließ ein verdrecktes Papierkügelchen sehen, das alsbald in der auch nicht besonders sauberen Hand eines der Hundebesitzer verschwand, der mit einem Päckchen Hundertmarkscheinen das Geschäft des Morgens abschloß. Ich hatte so gebannt diesem Tausch zugeschaut, daß mir der Blick des Hundes entgangen war, der mich offenbar die ganze Zeit über angestarrt hatte, weil er, als ich nun meinerseits ihn anstarrte, keinerlei Miene verzog. Einen sprechenderen Blick konnte ich mir nicht vorstellen, also folgte ich seinem stummen Befehl und ging ein paar Meter weiter auf den Bahnhofsvorplatz hinaus, wo ich bei einer weiteren Gruppe stehenblieb, die mit zwei Polizisten die Ereignisse der vergangenen Nacht besprach, ohne zu einem Ergebnis zu kommen. Offenbar war einer der Abgerissenen zu Tode gekommen, und nun wurde nicht nur darüber gestritten, woher dieser Mensch stammte und wie er an diesen zugigen Platz gekommen war, sondern auch darüber, daß man ihn hätte retten können. So unverständlich die einzelnen Redner wegen ihrer fehlenden Zähne, der bereits einsetzenden Trunkenheit oder ihrer fast hysterischen Erregtheit waren, so unbegreiflich war die Geschichte, die ich in Fragmenten zu hören bekam. Der Tote kam aus gutem Haus und hatte eine gute Kinderstube gehabt und eine besonders gute Ausbildung genossen und bereits ein mehr als gutes Geld in der Firma seines Vaters verdient, als er eines Tages hören mußte, daß der Vater die Firma hinter dem Rücken seines Sohnes verkauft hatte, um mit einer Frau mit einem zweifelhaften Ruf auf Nimmerwiedersehen zu verschwinden. Kein Wunder, sagte einer der Zahnlosen, kein Wunder, und wir, die Polizisten und ich, verstanden natürlich sofort, daß ein junger Mann aus erstklassigem Elternhaus keine andere Wahl hatte, als hier vor dem Hamburger Hauptbahnhof bei den Säufern zu landen, wenn der Vater sich mit einer Proschtituierten, wie einer der Ankläger sagte, ins Ausland absetzte. Auf jeden Fall hatten sie einen guten Kerl, einen guten Kumpel verloren, der trotz seiner schrecklichen finanziellen Lage – die neuen Besitzer hatten ihm ganz einfach den Stuhl vor den Laden gestellt, vor die Fabrik, ergänzte einer, ein Riesending im Norden – immer wieder einen springen ließ, offenbar also noch über etwas Restgeld verfügte oder sogar über Aktien, wie einer sagte, die man nicht verkaufen konnte, die aber gelegentlich etwas abwarfen, und mit diesem Geld habe der junge Mann ein neues Geschäft aufziehen wollen, hier auf dem Bahnhofsvorplatz und in Sankt Georg, sei aber von anderen Geschäftsleuten, die hier das Sagen hatten, brutal daran gehindert worden, mit unsauberen Mitteln, wie alle fanden. Während ich den Trinkern zuhörte, die während ihres Rapports Bier aus Dosen tranken, die sie in Sechserpacks zwischen ihren Füßen verwahrten, und ununterbrochen rauchten, ohne je eine Zigarette anzubieten, dachte ich an Marcel, der ja eines Tages, wenn sein Großvater sich absetzen würde, hier auftauchen könnte, wie so viele andere junge Burschen auch. Und während ich an Marcel dachte und darüber nachsann, wie ich ihm helfen könnte, der Trostlosigkeit seiner Vorortvilla zu entkommen, ohne hier am Bahnhof seßhaft zu werden, sah ich

plötzlich Max, den Dieb, mit schwerer Schlagseite den Platz überqueren, das Hemd bis zum Bauchnabel aufgeknöpft, so daß man das Kreuz auf seiner jetzt bereits schweißnassen Brust aufglänzen sah. Ich fragte mich, ob er mich erkennen würde, und wollte ihm auf jeden Fall folgen, als mir einer der Polizisten in den Weg trat und nach meinen Papieren fragte. Ihre Papiere, bitte. Ich war fertig. Noch nie, soweit ich mich erinnern konnte, war ich morgens in einer deutschen Stadt ohne jede Veranlassung nach meinen Papieren gefragt worden, also war ich für eine Sekunde versucht, alles für einen Scherz zu halten, für einen dummen Hörfehler, und ohne mich weiter um den Polizisten zu kümmern, setzte ich probehalber einen Schritt in die Richtung an, die auch Max, der Dieb, eingeschlagen hatte, nämlich auf das Deutsche Schauspielhaus zu, das wie eine Sahnetorte in der Morgensonne funkelte und so aussah, als würde es das Geheimnis der deutschen Operette bergen, wurde aber, nun schon zu einem zweiten Schritt ausholend, von einer Hand auf meiner Schulter daran gehindert, dem Schurken zu folgen.
Verstehen Sie kein Deutsch, frage mich der Polizist, der sich schon nach meinen Papieren erkundigt hatte. Doch, sagte ich mit seltsam belegter Stimme, als sei ich ein Albaner oder Bosnier, weshalb ich noch einmal laut und deutlich: Doch! sagte, um jeden Zweifel auszuräumen. Eigentümlich schwankende Gestalten mit weit aufgerissenen oder heftig zusammengekniffenen Augen torkelten an mir vorbei, ohne ein Interesse zu finden, ein junger Mann, der einen beißenden Geruch verströmte, fiel sogar gegen mich und hielt sich stumpfsinnig eine Weile an mir fest, ehe er weiterschwankte, einem ungewissen

Ziel entgegen. Keiner wurde kontrolliert. Keiner wurde auch nur beachtet in dem Treiben, das um uns herum vor sich ging. Aber meinen Ausweis wollte man sehen, jetzt, sofort, exakt zwei Minuten vor der Zeit, da ich mich mit dem Alten im Hotel *Atlantic* treffen wollte. Ich trage meinen Ausweis nicht bei mir, auch nicht meinen Presseausweis, sagte ich, ich bin nicht einmal aus Hamburg, aber wenn Sie mir zum Hotel *Atlantic* folgen wollen, dann kann ich das Mißverständnis schnell auflösen. Haben Sie Drogen gekauft, fragte der Polizist, und jetzt erst wurde das Interesse der Trinker an mir geweckt, die mich wohl die ganze Zeit für einen aus ihrem Verbund gehalten hatten, einen Schluckspecht, der noch am Anfang seiner Karriere stand, der noch den Anzug anhatte und so tat, als könnte er jederzeit die Fahrt in den Abgrund bremsen. Langsam gab der Polizist seine friedliche Haltung auf und schaute mich mit abschätzender Miene an, als sei meine Kleidung eine Art Verkleidung, ein bizarrer Aufzug, um von meinem Drogenkonsum abzulenken. Und ehe ich mich wehren und weglaufen konnte, schob mich der Polizist vor allen Leuten, die um diese Zeit den Bahnhof verließen oder vor dem Bahnhof ihre Geschäfte tätigten, vor sich her zu einer in der Bahnhofshalle befindlichen Polizeistation, wo ich nach allen Regeln der Kunst nach meinen geheimen Absichten in der Hansestadt befragt wurde. Ich gab den Kongreß der Deutschen Bibliothekare an, der ja hoffentlich wohl immer noch tagte, und dann, weil ich keinen Namen wußte, den man hätte ausrufen können, das Institut, in dem ich einen Tag zuvor gearbeitet hatte. Nach langer quälender Suche wurde ein Telefonbuch gefunden, in dem tatsächlich das Institut verzeichnet war, dem ein Herr

Professor Hegenbarth vorstand, wie ich angegeben hatte, der sich auch nach zunächst mehreren vergeblichen Aufforderungen an meinen Namen erinnerte, aber durch das Gespräch mit der Polizei so irritiert war, daß er den argwöhnischen Beamten bat, mich unbedingt und sorgfältig nach eventuell gestohlenen Farbtafeln aus einem jesuitischen Codex abzusuchen. Die Verwirrung nahm zu, weil nun ein weiterer Polizist die Wache betrat, der mich wegen eines anderen Delikts zu erkennen glaubte und mir daraufhin Fragen stellte, die ich schlechterdings nicht beantworten konnte. In meiner Not – und weil ich tatsächlich nichts bei mir trug, was mich hätte ausweisen können – erinnerte ich mich an das Hotel, das ich vor zwei Tagen gebucht hatte und das einen Steinwurf von der Polizeiwache entfernt lag. Rufen Sie dort an, rief ich den Polizisten zu, die mit der Zeit eine mehr als routinemäßige Anteilnahme an meinem Fall erkennen ließen, denn einen Drogenkonsumenten, der in wissenschaftlichen Instituten bekannt war, auch wenn er dort als Dieb kostbarer Farbtafeln gesucht wurde, hatte man nicht alle Tage. Und ob der Portier sich meiner erinnerte! Die Tochter vom ehemaligen Chef, so seine Auskunft, hat seine Sachen in einer Nacht- und Nebelaktion abholen lassen, er selbst hat hier kein Auge zugetan. Diese Antwort saß. Die Tochter vom ehemaligen Chef. Natürlich kannte jeder den ehemaligen Chef, jeder Polizist und jeder Kommunalbeamte, jeder Trinker und jeder Kokser, und es dauerte nicht eine Minute, bis ich wieder auf dem Vorplatz des Hamburger Hauptbahnhofs stand und in die Sonne blinzelte. Und zehn Minuten später war ich endlich im Foyer des Hotels *Atlantic*.

Der Alte hatte nicht warten wollen. Ein zuvorkommender Herr in Uniform übergab mir an der Rezeption einen Brief, mit dem ich mich zu einem der voluminösen Sessel verfügte. Ohne daß ich genau gewußt hätte, warum, fühlte ich mich verfolgt, beobachtet und angegriffen. Warum fuhr ich nicht mit der gültigen Fahrkarte, die in der Villa in eben der Tasche steckte, in der auch mein Ausweis sein sollte, nach Süddeutschland zurück, um, wie es sich gehörte, meiner Arbeit nachzugehen? Am Morgen hatte mich Marcel gefragt, was ich am liebsten täte auf der Welt, und ich hatte nichts gesagt. Nichts. Am liebsten würde ich an Flußufern sitzen und dem Fließen des Wassers zuschauen oder auf einer Wiese liegen oder in den Bergen spazierengehen (aber nicht klettern) und in einer windgeschützten Mulde ein Buch lesen. Wenn es Zeichen der Zeit gäbe, würde ich sie auch im Fließen des Wassers erkennen können, und die Suche nach Wahrheit und Wissen müßte auch auf einer Wiese gelingen. Und ich? hatte Marcel mich ganz ernsthaft gefragt, was soll ich tun? Du mußt Naturwissenschaftler werden, war meine Antwort gewesen, oder Pfarrer, um alle diejenigen in Schutz zu nehmen, die die Naturwissenschaften zu gut oder gar nicht verstehen. Aber besser noch, du wirst Physiker oder Biowissenschaftler, dann kannst du etwas für dich tun und für andere. Dem Heiligen wirst du sowieso niemals entgehen. Je länger einer durchs Mikroskop schaut, desto anfälliger wird er für das Heilige. Aber das hatte Marcel schon nicht mehr interessiert, er war gedankenverloren vom Küchentisch aufgestanden, hatte sein Glas Milch ausgetrunken und sich auf den Weg gemacht. Ich werde darüber nachdenken, hatte er mir noch zugerufen, und ich wußte, daß ich ein Drama in Gang gesetzt hatte.

Nichts tun. Dafür war es jetzt zu spät. Ich trank in einem Schluck den Espresso, den ein junger Uniformierter irrtümlich vor mir abgestellt hatte und kurze Zeit später wieder einsammeln wollte, beobachtete eine Gruppe von Musikern, die lärmend in der Halle wartete und damit beschäftigt war, ihre Sonnenbrillen zu polieren, nickte einem fremden Herrn zu, der vor mir im Vorbeigehen den Hut gezogen hatte, stupste sanft einen scheußlich getrimmten Pudel beiseite, der mit seiner polierten Nasenspitze die Reste meines Espresso kosten wollte, und schob so die Lektüre des Briefes des Alten hinaus, von der ich seltsamerweise nichts anderes als eine Katastrophe erwartete. Ich litt plötzlich unter Atemnot. Woher kam das sonderbare, bislang bei mir nicht aufgetretene Bedürfnis, meine Kreise zu vergrößern, statt sie einzuschränken? Warum beugte ich mich nicht endlich über die Lebenszyklen meiner Indianer, über Geburt, Initiationsriten, Heirat und Tod, die alle noch beschrieben werden mußten?

Der Lärm der Straße trieb in Intervallen, die von Ampeln bestimmt wurden, in die Halle, so daß man einen günstigen Moment abwarten mußte, um an dem hochmütigen Portier vorbei ins Freie zu treten.

Auf einer Bank an der Alster, die mit eigenartigen Runen und obszönen Befehlen tätowiert war, fand ich endlich Ruhe. Eine ältere Dame, die neben mir die BILD-Zeitung las, deren Schlagzeilen auf der ersten Seite auch ich mit einem einzigen Seitenblick aufgenommen hatte, gab mir nach dem Ende ihrer Lektüre das kostbare Blatt, weil ich unbedingt nachlesen wollte, was über den Toten am Hauptbahnhof geschrieben wurde. Er war auf der ersten Seite abgebildet, und zwar im Kreis seiner Freunde, wie es in der Zeitung hieß. Zu meiner allergrößten Verunsicherung waren unter den Freunden nicht nur Max, der Dieb, zu sehen, der über die Schulter eines anderen Freundes hinweg einen letzten Blick auf seinen Zechgenossen werfen wollte, sondern auch die blonde Frau, die unmittelbar neben ihm stand, offensichtlich auf Zehenspitzen, die Sonnenbrille in die straff nach hinten gegelten Haare gesteckt. Ein Zweifel war ausgeschlossen. Der Tote lag in einer Blutlache, wie man sehen und lesen konnte, auch ohne Farbe. Laut Zeitung handelte es sich bei dem Toten um einen ehemaligen städtischen Angestellten aus Braunschweig, der seit seinem dem Alkoholismus geschuldeten Rauswurf aus dem städtischen Dienst in Braunschweig sich nun in Hamburg niedergelassen hatte und zuletzt als »Mädchen für alles«, so die Zeitung, in einem Hotel in Sankt Georg sein Auskommen fand. Die Vorstrafenliste, die in einem gesonderten Kästchen wie eine Liste von Auszeichnungen abgedruckt war, las sich beachtlich. Der Rest waren Vermutungen. Während ich den Artikel studierte, fiel mir plötzlich auf, daß das Hotel, das den Toten zu Lebzeiten beschäftigt hatte, ebenjenes Hotel *Veronika* war, in dem ich hätte übernachten sollen, wenn ich nicht durch einen Fußball davon abgehalten worden wäre. In diesem Artikel wurde nicht gerade die Gastlichkeit des Hauses gerühmt, vielmehr wurde es als bessere Absteige beschrieben, und nun durfte ich, die Zeitung in der Hand und die Rentnerin, der ich sie abgenommen hatte, neben mir, darüber nachdenken, warum die Polizei mich nach dem Anruf in dieser Absteige sofort freigelassen hatte. Der Chef. Hamburg war von diesem Mann im Rollstuhl unterwandert, dachte ich, und um einen Test zu machen, fragte ich die

Frau, die nun, da ich offenbar wieder ins Leben zurückgekehrt war, auch ihrerseits ihr gelassenes Katzenlächeln aufgesetzt hatte, ob ihr der Name des Großvaters vertraut sei. Ach, gehen Sie doch, sagte sie mit einer schönen wegwerfenden Handbewegung, den kennt doch jeder hier. Ich spürte, wie sich mir die Haare aufstellten. Was der auf'm Kerbholz hat, unmöglich, murmelte sie, aber immer tipptopp dabei, wenn die feinen Leute sich zum Gruppenbild aufstellen. Wo er nu' im Rollstuhl sitzt, is er ja zum Sympathieträger aufgestiegen, nech. Und das bei der Vergangenheit!

Was bin ich Ihnen schuldig, fragte ich, mich erhebend, die Frau, die gerade anheben wollte, mir ihren Lebensroman zu erzählen, und zückte meine Börse, um ihr die Zeitung, die ich zusammengefaltet in meinem Jackett verstaut hatte, abzukaufen. Weil sie sich nicht entscheiden konnte, ob sie mir den vollen Preis oder nur einen Teil berechnen durfte, drückte ich ihr ein Fünfmarkstück in die Hand und verabschiedete mich. Bei der nächsten Bank, keine zwanzig Meter entfernt und in derselben Blickrichtung angebracht, dafür mit anderen, diesmal faschistischen Parolen verziert, setzte ich mich wieder hin, um endlich die Nachricht des Alten zu lesen, die aus wenigen, enggefügten Zeilen bestand, geschrieben auf Briefpapier des Hotels:

»Sie sind leider nicht gekommen, was ich außerordentlich bedaure. Aber wer hätte gedacht, daß Sie von der Polizei gesucht werden? Ich brauche dringend das Foto zurück, bitte lassen Sie sich zur besseren Identifizierung einen Abzug machen, den Sie behalten dürfen. Für die Unkosten komme ich auf. Ich bin nicht auf der Welt, um meinen Fehlern nachträglich Würde zu verschaffen.

Mein Leben ist mehr oder weniger am Ende, und ich habe weder das Bedürfnis noch die Zeit, nachträglich Retouchen vorzunehmen. Ich kann Sie nur bitten, erstens den Einflüsterungen meiner Tochter nicht nachzugeben und zweitens jegliche Nachforschungen in bezug auf meine Person zu meinen Lebzeiten zu unterlassen. Es würde Ihnen nicht zum Guten ausschlagen, wenn Sie meiner Bitte zuwiderhandelten. In jedem Falle sollten wir uns bald sehen, ich werde Sie im Hause meiner Tochter anrufen, wo Sie ja sicher noch eine Weile bleiben werden. Fahren Sie um Himmels willen nicht nach Buenos Aires, ohne vorher mit mir gesprochen zu haben. Die Bücher nehme ich vorläufig wieder an mich. Anbei die Erstattung der Unkosten.«
Ich saß wie betäubt im warmen Licht des beginnenden Mittags und starrte auf die Alster. Die Rentnerin kam vorbei und sagte: »Weit sind Sie ja nicht gekommen«, aber ich beachtete sie nicht. Ich hatte die Hände unter meine Oberschenkel geklemmt und wippte mit dem Oberkörper vor und zurück, um durch den Rhythmus etwas in Bewegung zu bringen, was offensichtlich in mir blockiert war, aber es dauerte lange, bis ich das Gefühl hatte, mich aus meiner inneren Starre zu lösen. Der Alte hatte mir tatsächlich zur Erstattung meiner Auslagen 1.000,– DM in den Umschlag gelegt, in einer Note, die man nicht jeden Tag in den Händen hält. So war ich ärmer und reicher geworden, aber beides paßte mir nicht. Als ein Entenpärchen, das ich wegen seines humpelnden Ganges schon länger beobachtet hatte, unmittelbar vor meiner Bank stehenblieb und mich mit parallel nach rechts gelegten Köpfchen ansah, zerriß ich den Brief und die Zeitung in kleinste Stücke, die ich den Tieren hin-

warf, die sich tatsächlich mit sonderbaren Lauten daraufstürzten, bis sie ihren Irrtum bemerkten und beleidigt von dannen zogen. Foto, Brief und Zeitung waren zerrissen, alles Papier, jetzt sollten andere Stoffe folgen.

16

Wenn bei den Indianern in Uruguay eine Frau starb, ging der Mann auf eine längere Reise, die ihn zwei bis drei Monate vom Dorf entfernte. Die christlichen Patres, an unsere Vorstellungen von Schmerz gewöhnt, nahmen an, daß das Leid den Mann in den Urwald trieb, weil er es nicht aushalten konnte, in der Nähe der Hütte und der Dinge sich aufzuhalten, in der die geliebte Frau mit ihm Freud und Leid geteilt hatte. Eine solche christliche Interpretation des schnellen Abschieds vom Ort des Todes ist schön und beruhigend, aber es spricht vieles dafür, daß sie nicht stimmt. Denn erstens hielt sich die Aufmerksamkeit unter Eheleuten in Grenzen, zweitens war die Ehe eine reine Zweckgemeinschaft, die nicht gerade vom Band der Liebe zusammengehalten wurde, drittens konnte nicht davon die Rede sein, daß das eheliche Leben sich unter einem Dach abspielte. Und viele andere Gründe mehr. In Dürreperioden zum Beispiel kam es vor, daß Säuglinge gleich nach der Geburt getötet wurden, oft genug gegen den Willen der Frauen. Es war zwar dem Mann gestattet, mehrere Frauen zu haben, aber er hütete sich, sie unter seinem Dache zu vereinigen, weil die Streitereien, die unter den Frauen blutig ausgetragen wurden, ihm die Ruhe nahmen; drittens wurde die Ehe viel mehr von Geistern bestimmt als von den Eheleuten selber, die in der Hauptsache dafür sorgen mußten, den Zorn der Geister zu vermeiden.

Der Mann ging also auf eine längere Reise, von der er als ein anderer zurückzukehren hoffte, damit die Totengeister ihn nicht mehr erkennen und zur Verantwortung ziehen könnten. Als erstes brannte er seine alte Hütte nieder, weil es unklug war, ein Haus zu bewohnen, das der Tod schon markiert hatte. Sodann wurden alle Namen, die an die Tote erinnerten, gelöscht und durch andere ersetzt. (Zur Namengebung siehe die Kapitel über die Sprache.) Der Name der Verstorbenen durfte auf keinen Fall mehr in den Mund genommen werden. Was dem Tod gehörte, war der Verfügungswelt der Lebenden entzogen, eine Kultur der Erinnerung gab es nicht.

Ich sah von meinem Manuskript auf in den Garten, der immer noch in voller Blüte stand. Die blonde Frau schien nicht mit planerischem Verstand, sondern vollkommen wahllos die Blumen gesät zu haben, die nun, da auch der Rasen nicht mehr gemäht wurde, in unerhörter Pracht überall hervorbrachen. Blumen, die ich schon lange nicht mehr gesehen hatte, wie Phlox, aber auch Kornblumen schienen sich hier wohl zu fühlen. Merkwürdiger Boden. Eine der vielen Merkwürdigkeiten, die dieses Haus zu bieten hatte.

Noch drei Wochen durfte ich in diesem Haus wohnen bleiben, dann würde es zwar nicht abgerissen oder verbrannt wie bei den Mocobí, aber sicher doch umgebaut werden. Nachdem der ganze Rattenschwanz an polizeilichen Ermittlungen, Versicherungsfragen und Erbschaftsregelungen abgeschlossen war, der fast vier Wochen in Anspruch genommen hatte, war nun endlich Ruhe eingekehrt, eine sonderbar lähmende Ruhe, die nicht wirklich zu dem Haus zu gehören schien. Vielleicht hing diese besondere Ruhe auch damit zusammen, daß das Haus mehr oder weniger leergeräumt war, daß die Sofas und Konsolen und Tische und Stühle bereits abgeholt worden waren und nur die Küche unangetastet blieb. Den Küchentisch hatte ich mir nun an das Panoramafenster im Wohnzimmer gestellt, dazu einen Gartentisch, der die Handbibliothek und das Schreibwerkzeug faßte. Im Zimmer von Marcel war die Matratze liegengeblieben, das Bett selber hatte für ein paar Mark einen Käufer gefunden. Da ich in der ganzen Zeit der Haushaltsauflösung eine Art Hausmeisterrolle eingenommen hatte, war es mir gelungen, im Schuppen ein Lager sowohl der Dinge einzurichten, die ich für die mir in diesem Haus noch verbleibende Zeit benötigte – von der Bettwäsche bis zu ein wenig Besteck, einer Tasse und einem Topf für die Milch –, als auch für die heiligen Gegenstände, die ich zur Erinnerung unbedingt behalten wollte. Dazu gehörten einige der Fotos in Silberrähmchen, der Fußball, aber auch ein Tagebuch von Marcels Urgroßvater, der in dem Regiment des berüchtigten Barons Ungern-Sternberg eine in diesem Tagebuch minutiös festgehaltene Blutspur durch Innerasien gelegt hatte. Dieses Tagebuch, das sich hinter dem Tafelsilber in einem leeren, mit rotem Samt ausgeschlagenen Besteckkästchen befunden hatte, las ich zunächst mit einer gewissen Konsterniertheit, dann mit zunehmendem Ekel und schließlich mit glühender Faszination, wenn man die Entzifferung dieser im Pathos der Überlegenheit verfaßten Eintragungen überhaupt als lesen bezeichnen konnte. Natürlich wuchs in mir der Wunsch, dieses einzigartige Dokument eines Tages zu publizieren, weil es eine erhebliche Korrektur an allen Veröffentlichungen aus dem Kreis des blutigen Barons darstellte, die ich mir aus der Bibliothek entliehen hatte. Überdies schien mir, daß der Großvater Marcels, der mir gegenüber den Namen Ungern-Sternberg nicht erwähnt hatte, im Lichte der Aufzeichnungen seines Vaters einen anderen Hintergrund erhielt, wenngleich er an Brutalität und Menschenverachtung nichts zu wünschen übrigließ. Die Art und Weise, wie der Urgroßvater die Hinrichtungen der »Roten« beschrieb, wie sie mit Knüppeln, Steinen oder mit der Hand zu Tode gequält wurden, war unüberbietbar widerlich und sadistisch, weil sie ohne jeden Anflug von Mitleid auskam. Im Gegenteil: Alles wurde im Namen des Großen Krieges, des Großen Geistes und der Ewigen Natur gerechtfertigt. Das Tagebuch enthielt keinen Hinweis darauf, wie und warum der grausame Soldat wieder nach Deutschland zurückgekehrt war, in das Deutschland der Weimarer Republik, und wie er es ausgehalten hat, unerwünschte Menschen nicht einfach mit seinem Bambusstock niederzuschlagen. Kein Hinweis, wo er gelebt und was er gemacht hat. Wahrscheinlich ist er sehr bald in die Partei eingetreten. Auf dem Vorsatzpapier des in festes Schweinsleder gebundenen Buches stand nur in der mir bekannten, wenn auch noch unausgereiften Handschrift des Großvaters: *Die Augen der Wölfe. Vaters Aufzeichnungen.* Die Bearbeitung dieser grausamen Familiengeschichte würde eine folgerichtige Fortsetzung meiner Studien zum 18. Jahrhundert werden, denn die Blutbäder, die die Spanier in Südamerika angerichtet hatten, fanden in den Massakern des baltischen Barons ihre entsetzliche Entsprechung. Aber obwohl mich manchmal eine kaum zu bezähmende Neugierde dazu trieb, wieder ein paar Seiten des Tagebuchs zu transkribieren, und obwohl die Materialien, die ich inzwischen zu diesem Fall gesammelt hatte – besonders die Studien von Kranthoft und dem mir aus anderen Zusammenhängen bekannten Vladimir Pozner öffneten mir die Augen –, an Umfang meine »jesuitischen« Schriften geschlagen hatten, mußte ich mich zurückhalten, weil ich Marcel noch in dem Moment, da sie ihn abholten, versprochen hatte, ihm die Fortsetzung meines Werks über die jesuitischen Reduktionen in wöchentlichen Portionen zu schicken.

Andererseits waren die Bücher, die mir der Großvater vererbt hatte, für meine Arbeit von großem Nutzen. Besonders die sechs Bände umfassende »Colección de Obras y Documentos Relativos a la Historia Antigua Moderna de las Provincias del Rio de la Plata« war eine Fundgrube, die mich mit authentischen Berichten versorgte. Aber es gab auch sehr schöne, mit Stichen angereicherte Bände wie die » Fauna argentina« von Burmeister oder Eberhard Gotheins »Der christlich-soziale Staat der Jesuiten in Paraguay« von 1883, das mit so vielen handschriftlichen Anmerkungen, die meines Erachtens nur von Isabella rühren konnten, versehen war, daß der Text wie von einer anderen Meinung überwuchert aussah. Das schönste und wertvollste Stück aber war Nusdorfers seltener »Beytrag zur Geschichte von Paraguay und denen Mißionen der Jesuiten daselbst, in einem Sendschreiben des p. Bernhard Nusdorfer, der Gesellschaft Jesu Mitglieds, nebst dem Criminal-Prozeß wider die Jesuiten in Spanien«, das Mitte des 18. Jahrhunderts in Frankfurt zum Druck gegangen war.

Ich arbeitete von Sonnenaufgang an in dem ausgeräumten Wohnzimmer, dessen Wände sich bald mit Notizen, bibliographischen Hinweisen und Einfällen füllten, so

daß die Anwälte, die mich noch mehrere Male aufsuchten, um Aufschlüsse der Ereignisse zu erhalten, staunend und skeptisch vor mir standen und sich unschlüssig waren, ob sie es nicht doch mit einem Geistesgestörten zu tun hatten, der tiefer als angenommen in den Fall verwickelt war. Nur der Brief Marcels, der wie eine Ikone in der Mitte der Wand hing, konnte sie beruhigen.
Mittags ging ich gelegentlich in die Bibliothek, danach machte ich Einkäufe und lange Spaziergänge, aber ab fünf Uhr saß ich wieder hinter meinem Panoramafenster an der Arbeit, um endlich das mich in dieser Situation Nerven und Kraft kostende Kapitel über den Tod abzuschließen. Da die Zeitung es aufgegeben hatte, meinen Wohnort herauszufinden, den ich, wenn ich selbst telefonierte, natürlich nicht verriet, und mir meine Abwesenheit ohnehin als unbezahlten Urlaub anrechnete (was der Geschäftsführung sehr recht war, weil einerseits mein Name im Zusammenhang der Hamburger Vorfälle in der Zeitung aufgetaucht war, wenn auch nicht an prominenter Stelle und nicht als der einer verdächtigen Person, und andererseits die Chefredaktion den vorläufigen Wegfall der Seite »Das politische Buch« nicht besonders bedauerte), hatte ich von dieser Seite nichts zu befürchten. Das noch immer nicht abgemeldete Telefon bescherte mir gelegentliche Anrufe für die blonde Frau, die sich manchmal, wenn ich nicht aufpaßte, zu längeren quälenden Unterhaltungen ausweiteten, mir andererseits aber auch so manchen Aufschluß gaben über die Lebensgewohnheiten der Familie, die mir bald fremder wurde als der fremdeste Indianerstamm. Besonders die argentinischen Anrufe hellten den Hintergrund des Großvaters auf und zeigten mir in Nebensätzen vorgebrachte Eigen-

schaften, die alles andere als dazu angetan waren, ihn mir näherzubringen. So wußte ich nun, daß er sein Lieblingspferd in einem Wutanfall erschossen hatte; daß er einer Köchin wegen einer falsch gewürzten Suppe den heißen, gefüllten Teller über den Kopf gegossen hatte und daß er für den Tod von zwei Arbeitern verantwortlich war, die in seiner Fabrik ungeschützt mit Chemikalien hantieren mußten. Vor allem aber erfuhr ich viele Einzelheiten über Isabella, die angeblich in Buenos Aires gesichtet worden war, andere Anrufer sprachen sogar davon, daß sie an der Universität einen Lehrauftrag übernommen habe. Sie hatte einer Studentenzeitung ein Interview gegeben, in dem sie genau schilderte, wie oft und auf welche Weise sie in der Haftanstalt El Vesubio vergewaltigt und gefoltert worden war, und sie hatte vor allem Namen genannt. Gott sei Dank muß Marcels Großvater das nicht mehr erleben, hatte der Anrufer gesagt, denn offenbar hatte Isabella auch den Alten mit der Militärdiktatur in Verbindung gebracht. Sollte ich nicht doch ihre Adresse herausfinden und sie anrufen? Ich ließ es bleiben, weil mich eine sonderbare Gleichgültigkeit befiel, wenn ich an den Großvater dachte. Keinem würde gedient sein, wenn ich Kontakt mit ihr aufnehmen und ihren fragilen Frieden stören würde. Anrufe für Marcel gab es nicht. Er hatte keine Freunde. Oder keine Freunde mehr.

Insgeheim hoffte ich jeden Tag darauf, daß die in jeder Hinsicht säumige Telekom (mit ihren unendlich verschlafenen Telefonberatern) das Telefon abschalten würde, und als dies nicht geschah, riß ich den Apparat samt Leitung aus der Wand und warf alles zusammen in die Mülltonne.

Es wurde immer wieder berichtet, daß manche Stämme ihre Säuglinge, wenn sie das Zeichen einer schlimmen Krankheit trugen, unmittelbar nach der Geburt töteten, wobei die Zustimmung des Vaters vorliegen mußte. Die Mutter erwürgte das Kind. Dieser Tod aber galt nicht als Tod, ihm folgten keine Totenfeiern. Anders war es, wenn das Kind schon etwas älter war, dann mußten die Riten eingehalten werden. Bei der Beerdigung ließ man ein Händchen aus dem Grab herauslugen, damit die Eltern einerseits ihrem Kind Essen bringen konnten, damit sie es andererseits auch wiederfanden, um es später im großen Grab der Sippe noch einmal zu bestatten. Starb ein Mann, war das Geschrei groß, nur die Witwe hatte, mit dem Gesicht zur Wand sitzend, tagelang zu schweigen. Ihre Stimme, ihr Körper ruhten sich gleichsam aus. Neben das Grab des Mannes legte man sein erstochenes Lieblingspferd. Ich stellte mir oft die Beerdigungen vor, die Gruppe der Klageweiber, die schön und laut klagen mußten, damit sie sich das Eigentum des Verstorbenen auch verdienten. Ich sah diese von Pusteln oder Borken oder von einem Hautausschlag befallenen Menschen, ihre schmutzigen Körper voller Kratznarben, ihre sonderbaren Bewegungen und Gesten, mit denen sie ihre Trauerarbeit leisteten. Und ich hörte ihre dünnen hohen Stimmen, mit denen sie durcheinanderschwatzten, riefen und klagten. Starb eine Frau, so war die Familie der Frau für die Organisation der Totenfeier zuständig. Zunächst wurden allen Betroffenen die Köpfe geschoren, und die Trauerzeit dauerte so lange, bis das Haar nachgewachsen war. Die Familie der Frau übernahm auch die Kinder, der Vater, dem es übrigens verboten war, in den Tagen nach dem Tod seiner Frau zu lachen, war mehr oder minder von weiteren Pflichten entbunden. Erziehung, Ausstattung, Pflege, darum mußte er sich nicht mehr kümmern. Er durfte seine Kinder vergessen, wie sie ihn vergaßen. Einen längeren Abschnitt wollte ich auch dem eigenartigen Brauch widmen, wonach Schwerkranke, Eltern oder andere Verwandte von ihren Kindern erschlagen wurden; wenn sie bereits im Koma lagen, wurden sie nicht selten sogar bei lebendigem Leib begraben. Zu diesen Fällen besaß ich viel interessantes Material, auch wenn ich manchmal den Eindruck hatte, daß die Patres, die mit Abscheu oder Empörung von diesen Sitten erzählten, diese Passagen deshalb besonders ausschmückten, um die christlichen Riten in um so günstigerem Licht erscheinen zu lassen. Die Wahrheit war ja, daß die marodierenden Banden dem sterbenden Indianer für einen guten Preis die Ohren abschnitten, wenn er sich nicht einfangen und versklaven ließ. Die jammervolle Geschichte dieser Naturkinder, die für ein paar Kulturlumpen und ein paar Flaschen Alkohol ihr Leben ließen, die wie die Fliegen an Masern, Lungenschwindsucht, Blattern und Typhus starben, zur höheren Ehre des Papstes und seiner goldgierigen Stellvertreter auf Erden, diese Menschen fanden in den Reduktionen tatsächlich Schutz vor den Nachstellungen der Krone. Elobgaec heißt: du Toter, das heißt: Ich wollte, daß du stirbst.

Je länger ich an meinem Buch schrieb, desto unklarer wurde mir, was ich damit beabsichtigte. Es ging ja weder darum, die Jesuiten zu rehabilitieren, noch darum, der an ihrem eigenen Müll erstickenden Menschheit noch einmal zu erzählen, wie wir Kulturbestien einen ganzen Kontinent und damit für immer auch unsere Seele verwüstet haben. Gegen die Institution der Kirche brauchte man nicht mehr zu sein. Mußte man nicht aber für etwas sein? War es denn nicht etwas lächerlich, für Indianer zu sein? Für ihre Lebensweise? War es interessant und aufschlußreich, noch einmal zu erklären, wie sie Jaguare fingen und Mäuse aßen, wie sie ihre Kinder zur Welt brachten und ihre Toten begruben? Für wen interessant und aufschlußreich? Für die Wissenschaftler war ich eine Niete, weil ich keinerlei Feldforschung betrieben hatte. Also kam nur das allgemeine Publikum in Frage, die Touristen, die nach Südamerika fuhren, um sich im Urwald einen Kick zu holen, von dem sie zu Hause erzählen konnten. Ich beruhigte mich damit, daß jedes Werk im Lauf der Zeit des Schreibens seinen Zusammenhang und seinen Zusammenhalt verliert und daß es deshalb notwendig ist, irgendwann Schluß zu machen. Wer ein Ding – auch ein Buch oder eine Studie – vollkommen haben will, sollte besser nicht damit anfangen oder sich schon vorher um einen Platz im Narrenspital bemühen. Ich mußte einen Tag pausieren und mich erholen. Auch die Indianer waren, wenn man den Patres glauben konnte, zu einer geregelten Arbeit nicht zu gewinnen. Sie lebten von der Hand in den Mund. Gab es nichts mehr zu essen, aßen sie ihr Saatgut auf. Sie hatten weder eine Vorstellung von Vorratswirtschaft noch überhaupt von Planung. Und außerdem waren sie ganz einfach faul. Sie waren Faulpelze, ohne Pflichtbewußtsein.

17

Ich war mit der Bahn ans Meer gefahren, um noch einmal in Ruhe und ohne den fordernden Blick meines Manuskripts, das mich zwingen wollte, es trotz aller in die Augen springenden Unzulänglichkeiten abzuschließen, die Ereignisse der letzten Wochen zu durchdenken. Manchmal, wenn ich allein in dem leeren Wohnzimmer saß, hatte ich das Gefühl, die mich umschwirrenden Stimmen würden mir eine Lösung zuflüstern, die akzeptabel war, aber immer dann, wenn ich dieser Lösung zustimmen wollte, löste sie sich in ihren Widersprüchen auf. Eine zehrende Unruhe trat dann an die Stelle der Benommenheit, die sich sofort einstellte, wenn ich an die plötzliche Auflösung der so eigentümlichen Wohngemeinschaft dachte. Um dieser Unruhe zu entgehen, war ich eines Abends ins Schauspielhaus gegangen. Da auf der Bühne mehr Personen herumstanden als im Parkett saßen, konnte ich das Theater, ohne jemanden zu beleidigen, während einer langwierigen und komplizierten Umbauphase nach zwanzig Minuten wieder verlassen. Ist noch wer drin, hatte mich der Beschließer gefragt, der mit einer Flasche Bier in der Hand vor dem Eingang stand und den flammenden Himmel bewunderte. Wahrscheinlich sind wir die Schauspieler, ging mir durch den Kopf, die mit zeremonieller Steifheit im Parkett sitzen, und die herumhampelnden Schauspieler sind das Publikum, das uns aus unserer meditativen Ruhe bringen will.

Nach dem mißglückten Ablenkungsmanöver ging ich noch in eine Reihe von Kaschemmen und Bars in dem Straßengewirr hinter dem Schauspielhaus und fragte, ob jemand Max, den Dieb, gesehen hätte. Aber obwohl jeder Türsteher und jede Bedienung ihn kannten und ich gar nicht erst den Versuch machen mußte, ihn zu beschreiben, wußte niemand, wo er sich aufhielt. Auch große Scheine, die aber dennoch genommen wurden, erbrachten keinen Aufschluß. Wie vom Erdboden verschwunden, sagte mir eine junge Dame, die ich zum Piccolo eingeladen hatte, und als ich fragte, ob er unter der Erde sei, fragte sie zurück: Im Himmel wird er ja wohl nicht gelandet sein, nech?
Ich war also ohne neue Informationen in mein leeres Haus zurückgekehrt, das mir immer dann, wenn ich es betrat, wie ein verrufener Ort vorkam, ein Gefühl, das sich aber sofort auflöste, wenn ich wieder hinter meinem Tisch saß und mich in dem riesigen Fenster beobachten konnte.
Nun wollte ich es also mit dem Meer versuchen. Ich war mit dem Zug nach Husum gefahren und hatte mich mit dem Taxi an einem Landgasthof hinter dem Deich absetzen lassen. Der Fahrer wollte mich am späten Nachmittag wieder abholen, damit ich den letzten Zug nach Hamburg erwischte. Die Vorstellung, mein Haus für eine Nacht alleine zu lassen, kam mir so frevelhaft vor, daß ich dem Taxifahrer im voraus die Fahrt zurück nach Husum bezahlte, um ihn tatsächlich fest zu verpflichten. Mein Haus, so nannte ich das leere Haus jetzt schon in meiner Verwirrung und Verzweiflung.
Ich lief die Böschung des Deiches hinauf und stand so plötzlich vor der grauen Wasserfläche, daß ich mich hin-

kauern mußte, um zu Luft zu kommen. Ein Gewitter war für den Nachmittag angesagt, wie ich von dem Taxifahrer wußte, das sich jetzt bereits ankündigte. Ich beobachtetet die Schafe, die auf dem schmalen Streifen Weideland zwischen Wasser und Deich ihrer sonderbaren Lebensweise nachgingen, die darin bestand, tagein und tagaus die kaum mit dem Wachsen nachkommenden Grashalme abzureißen und zu verdauen. Sie hielten mit Fressen nicht einmal ein, wenn sie sich entleeren mußten, ein perfekter Kreislauf, und sogar in liegendem Zustand zupften und zerrten sie an dem Gras herum, wobei ihre Bälger so mächtig pumpten, als sei eine Horde Herzkranker an die See verschickt worden. Ich kauerte mich in den noch warmen Sand und schaute den Vögeln zu, die mit dem Wind, den das Gewitter als Vorboten geschickt hatte, ihr Vergnügen hatten. Dem jubelnden Gesang nach waren es Lerchen, die sich mit dem Aufwind in die Höhe treiben ließen, um plötzlich wie Steine herabzustürzen, sehr zum Mißfallen der großen Möwen, die zu diesen atemberaubenden Kunststücken nicht fähig waren. Sie hingen mit offenen Schnäbeln mißmutig im Wind und gaben so kümmerliche Schreie von sich, daß nicht ein einziges Schaf es für nötig hielt, den Kopf zu heben.
Der Regen kam plötzlich und mit solcher Heftigkeit, daß die wenigen Personen, die offenbar wie ich flach auf der Böschung des Deichs gelegen hatten, wie auf Befehl aufsprangen, ihre Sachen zusammenrafften und, nur unvollständig bekleidet, auf die Gastwirtschaft zuliefen, deren Bedienung dabei war, die Decken von den im Freien stehenden Tischen zu ziehen und die Salzfässer in Sicherheit zu bringen. Die Szene erinnerte mich an ei-

nen zu schnell laufenden Film. Ich selbst kam im guten Mittelfeld an, fand aber dennoch keinen Platz mehr. Etwa zwanzig Personen, bis auf die Haut durchnäßt, standen zwischen den ohnehin eng stehenden Tischen herum, rissen sich, wobei die Tropfen den Sitzenden ins Gesicht und auf die Teller sprangen, die Kleider vom Leib und wrangen sie ungeniert auf dem Boden aus, wodurch das gesamte Lokal bald einem leckgeschlagenen Schiff glich. Marcel, der Gefallen daran fand, Ähnlichkeiten zwischen Tieren und Menschen auszumachen, hätte sicher an eine Herde Schweine gedacht, ich selbst mußte zwischen den halbnackten Gestalten an eine bestimmte Szene in Pater Ferdinands Bericht über ein Unwetter in Peru denken, wo Spanier, Mestizen und Indianer sich in einem winzigen Raum dichtgedrängt aufhalten mußten. Mich ergriff plötzlich ein Gefühl des Abscheus vor diesen zivilisierten Menschen, die nun in diesem dämpfigen Raum begannen, Konversation zu machen oder sich, als seien sie mit dem Leben davongekommen, heftig zu umarmen und zu küssen. Der ganze, heute übliche, verbale Unflat häufte sich zwischen Würstchen und Kartoffelsalat, Bieren und Schnäpsen, und jeder war offenbar gerne bereit, seinen Beitrag zu dieser beginnenden Orgie der Verbrüderung im Zeichen des Gewitters zu leisten. Mich überkam eine unerhörte Mattigkeit, und da ich um keinen Preis bereit war, mich an dieser sich aufschaukelnden Orgie beteiligen zu wollen, verließ ich unbewegt, gleichgültig und grußlos das Lokal und ging unter dem krachenden Donner und einem peitschenden Regen in die Richtung, in der ich die Stadt vermutete. Bald kam ich an einem verlassenen Schafstall vorbei, in dem sich noch Heu vom vergange-

nen Jahr befand, machte mir ein Lager und verbrachte erschöpft ein paar Stunden des Nachdenkens. Im Lokal hatte ich mir unbemerkt die Taschen mit Weißbrot vollgestopft, so daß ich sogar meinen Hunger stillen konnte, ohne auf die ersehnte Ruhe verzichten zu müssen.
Marcel war an dem fraglichen Tag gegen sechs Uhr nach Hause gekommen, aufgewühlt, fahrig und zerzaust. Er war, ohne mich zu begrüßen oder sich, wie er es sonst tat, ein Glas Milch aus der Küche zu holen, sofort in sein Zimmer gegangen. Nach einem weiteren geplatzten Treffen mit dem Großvater – diesmal hatte er wegen eines Gichtanfalls abgesagt –, wollte der nicht mehr mich, sondern Marcel sehen, dem ich das nicht mehr existierende Foto von Isabella mitgeben sollte. Es wäre töricht gewesen, Marcel sagen zu lassen, er hätte das Foto vergessen, also schrieb ich dem Alten einen Brief der Entschuldigung und versicherte ihm, so bald wie möglich für Ersatz zu sorgen. Ein Taxi hatte Marcel von der Schule abgeholt, und der Fahrer sollte ihn gegen vier Uhr nach Hause zurückbringen. Um ihn bei seiner Rückkehr empfangen zu können, hatte ich kurz nach drei meine Lektüre in der Bibliothek abgebrochen und es tatsächlich geschafft, mich fünf Minuten vor der vereinbarten Zeit mit der Zeitung in der Küche niederzulassen. Wahrscheinlich zum ersten Mal in meinem Leben hatte ich die Zeitung – meine Zeitung! – von der ersten bis zur letzten Zeile durchgelesen, peinlich gewissenhaft, und mir sogar Anmerkungen am Rand notiert, um auf diese Weise wenigstens symbolisch Kontakt mit der Redaktion zu halten. Als ich buchstäblich auf der letzten Seite angekommen war, wenige Minuten nach sechs und voller Unruhe über sein Ausbleiben, hatte Marcel das Haus betreten,

seinen Ranzen oder was auch immer in die Diele geschmettert und war grußlos nach oben gegangen. Von meinem Platz am Küchentisch aus sah ich sein bockiges Gesicht im Spiegel der Halle. Natürlich hätte ich ihm folgen können, aber ich tat es nicht. Ich saß wie angewurzelt in der Küche, starrte auf die »Vermischten Nachrichten« und malte mir das Gespräch aus, das Marcel mit seinem Großvater geführt hatte. Offensichtlich war es verheerend verlaufen.

Marcels Mutter wollte erst am Abend wieder zurück sein, wenn nicht sogar am nächsten Morgen. Ich hatte nicht gefragt, was sie vorhatte, um sie nicht in Verlegenheit zu bringen. Ihr von Schmerzen ganz erschöpftes Gesicht verbot jede Einmischung. Ich hatte inzwischen alles Fragen aufgegeben. Den Mitgliedern dieser Familie konnte man nur durch freundliches Schweigen helfen, durch Anwesenheit. Jedes Nachfragen, jeder Versuch der logischen Analyse der verfahrenen Situation, wurde mit Feindseligkeit bestraft. Wahrscheinlich mußte sie ihre dunklen Geschäfte mit Max, dem Dieb, in Ordnung bringen, dessen Anrufe sie regelmäßig außer Fassung brachten.

Um sieben Uhr, ich wollte gerade etwas zum Essen herrichten, kam die Polizei und fragte nach Marcel, der von oben das Gespräch mit anhörte. Ich sah, wie er sich weit übers Geländer beugte. Ich wäre nicht der Vater, sagte ich den Beamten, die mich mit in Marcels Zimmer nehmen wollten, daraufhin aber stehenließen. Später wurde eine Polizeipsychologin hinzugeholt, die die beiden Beamten zu mir in die Küche schickte, um mit Marcel allein zu sprechen. Marcel schwieg. Er war stumm bis zur Raserei, sagten die Polizisten, denen ich Mineralwasser

anbot, andauernd sei er wie ein stummes Tier im Zimmer auf- und abgelaufen. Nun erfuhr ich auch, daß der Großvater durch einen Sturz ums Leben gekommen sei, der Taxifahrer habe ihn nur noch leblos in seinem Zimmer angetroffen. Angetroffen? Der letzte Mensch, der ihn lebend gesehen hat, war höchstwahrscheinlich Marcel, dem der Portier des Seniorenstifts den Weg zur Wohnung des Großvaters gezeigt hatte.
Passen Sie auf, daß er sich nichts antut, hatte die Psychologin, eine Klugscheißerin, zu mir gesagt, mit der ich später in der Küche Spaghetti aß.
Marcel brachte ich ein Leberwurstbrot und Milch ins Zimmer. Er saß, mit schräggestelltem Kopf, auf dem Boden und starrte die Wand an, als wollte er verstehen, was in ihm vorging. Er hatte offenbar geweint, sein Gesicht sah transparent aus, als hätten die Tränen es zersetzt.
Als wir endlich allein im Haus waren, ging ich noch einmal zu ihm. Er lag schon im Bett, hatte aber das Licht angelassen. Der unbewegte Körper unter dem Laken sah wie eine liegende Grabplastik aus Stein aus. Marcels Gesicht war grau. Mit einer Kreide hatte er quer auf die Wand über seinem Bett geschrieben: Ich war es nicht.
Zum Frühstück kam die Mutter zurück, die bereits alles wußte. Sie war weniger über den Tod ihres Vaters empört als über die Herzlosigkeit, daß ihr Sohn in ihrer Abwesenheit verhört wurde. Marcel schwieg noch immer. Er saß mit seiner Mutter auf der weißen Ledercouch, eine erstarrte Pietà, ein furchtbarer Anblick.
Nach zwei Tagen wurde der Obduktionsbericht herausgegeben, in dem es hieß, der Großvater sei gestürzt und höchstwahrscheinlich an den Folgen des Sturzes gestorben. Marcel wurde in ein Internat geschickt, das Haus

verkauft. In seiner letzten Verfügung, aufgesetzt einen Tag vor seinem Tod, hatte der Großvater Marcel alles vermacht, das Haus blieb der Frau. Die Bibliothek des Großvaters wurde mir überschrieben, mit der Maßgabe, die Bücher Marcel auszuhändigen, wenn ich sie nicht mehr für meine Forschungen brauchte. Außerdem erhielt ich zwei Fotoalben mit Bildern, die wahrscheinlich von Isabella stammten. Sie zeigten eine Guaraní-Mission, für mich eine Fundgrube, weil ich die genaue Anordnung der Häuser, Vorratsschuppen, der Kirche und so weiter studieren konnte, die ich bislang nur auf zeitgenössischen Stichen gesehen hatte.
Die Frau ließ sich nicht mehr blicken, und Marcel hielt sich an die Abmachung, ihre neue Adresse nicht zu verraten.
Das waren die Fakten, die ich mir, ausgestreckt in meinem Schuppen, wieder und wieder vergegenwärtigte. Was sollte ich davon halten? Zornesausbrüche wechselten mit Tränen, aber dem Kern kam ich nicht näher.
Irgendwann mußte mich der hartnäckige Regen in den Schlaf gelullt haben, denn als ich aufwachte, begannen bereits die flammenden Lichtspiele der Dämmerung. Alles roch frisch und gesund, und die Spuren der Urlauber waren wie weggewischt. Ein Schaf hatte die Höhe des Deiches erklommen. Als es mich erblickte, wie ich, mich reckend und streckend, aus meiner Hütte kroch, fing es zu blöken an.

18

Morgen werde ich wieder nach Hause fahren. Nach Hause? Tatsächlich habe ich in den vergangenen Wochen nicht ein einziges Mal an »zu Hause« gedacht. Nach der Trennung von der Zeitung, die in »beiderseitigem Einverständnis« erfolgte und vorsah, daß ich auch weiterhin für sie schreiben sollte, bestand das »zu Hause« nur noch aus ein paar Wegen um die Stadt herum, ein paar Büchern, die ich genausogut in Hamburg oder Leipzig hätte aufstellen können, den »heiligen« Gegenständen und ein wenig Krimskrams, der leicht in einen Pappkarton paßte. Auch der Großvater von Marcel hatte nichts hinterlassen außer ein paar Büchern und ein paar Schriftstücken, nachdem seine Bilder schon zu seinen Lebzeiten in die Bestände des Museums gewandert waren. Der Hund? Die Tochter? Nicht gerade Lebewesen, die sich seiner gerne erinnern werden. Ich hatte mehrere Male sorgfältig die Nachrufe studiert, die in den deutschen Zeitungen zu lesen waren. Man war sich einig, daß der Alte nie wirklich heimisch geworden war in Hamburg, ja, daß er alles vermieden hatte, um von dieser Stadt »angenommen« zu werden. Eine Zeitung ging sogar so weit zu behaupten, daß er Deutschland verachtet habe, ohne dafür eine Quelle nennen zu können. Durch seine großzügigen Schenkungen habe er sich zwar die Gunst der Stadt erworben, durch seine undurchsichtigen Beziehungen zum Milieu habe er sich aber auch den Zorn vieler

Bürger zugezogen, denen eine solche Verknüpfung unstatthaft, unschicklich vorkam. Es wurden einige dieser Bürger zitiert, die sich sogar abfällig über den Alten geäußert hatten in dem Sinne, daß er sich die Aufmerksamkeit der Stadt habe kaufen wollen, um von seinen anderen, seinen dunklen Machenschaften abzulenken. Von Heimat konnte bei ihm also keine Rede sein. Und Argentinien? Ich weiß nicht, ob Marcels Mutter die argentinischen Freunde des Alten benachrichtigt hatte, aber irgendwie mußten sie davon erfahren haben. Der Tod spricht sich schnell herum. Jedenfalls war der Briefkasten immer noch täglich voll von seltsamen Briefumschlägen seltsamer Vereine und Gesellschaften. Ich stapelte sämtliche Briefe, Drucksachen und immer noch eingehende Zeitungen im Flur, damit die neuen Eigentümer des Hauses sich ein Bild der Vorbesitzer machen konnten.
Obwohl es mich schmerzte, das Haus, das ich jetzt nur noch »das falsche Haus« nannte, verlassen zu müssen, spürte ich doch mit Erleichterung, wie es mich langsam losließ. Ich packte meine Bücher zusammen, meine »jesuitische« Bibliothek, meinen Hamann und die paar Zufallsbekanntschaften, die sich mir bei meinen Spaziergängen in der Stadt angeschlossen hatten, legte meine Papiere sorgfältig in Mappen und nahm auch die Notizen von den Wänden, die schon weite Teile des Zimmers besetzt hielten. Das »falsche Haus« sollte sich nicht an mich erinnern.
Plötzlich befiel mich eine würgende Angst. Je schneller sich das ohnehin fast ausgeräumte Haus leerte, desto stärker nahm die Atemnot zu. Ich war auf eine Abreise noch nicht vorbereitet, so wie ich auf die Vergangenheit der Menschen, die ich getroffen hatte, nicht vorbereitet

gewesen war. Mein ganzes Leben lang hatte ich darauf vertraut, meine Lektionen nebenbei zu lernen, zufällig, aber hier gab es Widerstände. Es gibt offenbar Menschen, die sich nicht helfen lassen wollen. Sie wollen nicht »gerettet« werden. Das Heimtückische an dieser Haltung, wenn es denn eine ist und nicht nur eine Hilflosigkeit, besteht darin, daß andere für dieses Unglück empfänglich werden. Sie fangen an, sich zu »kümmern«. Und am Ende sitzen alle in einem falschen Haus und schnappen nach Luft wie die Fische, die dicht unter der Wasseroberfläche schwimmen und nicht mehr wissen, welchem Element sie angehören.

Ich mußte sofort das Haus verlassen, um nicht verrückt zu werden. Kaum war ich hundert Meter gelaufen, fiel das trübe Unglück von mir ab, und ich verfiel in ein leichtes, fast feierliches Gehen, als hätte ich das Gehen gerade gelernt. Nichts ist furchtbarer, als sich einem anderen Schritt anzupassen, nie ist man weiter von sich entfernt, als wenn man über eine längere Strecke falsche Schritte machen muß, weiter ausholende oder kürzere. Wir wollen ja auch den Tod in unserem eigenen Rhythmus erreichen, nicht mit einem Sprung, einem Hupfer, weil wir nur so hinter den Schleier lugen können, der uns von unserer Natur trennt.

Ich kam gut voran. Mit den Schritten bildeten sich mühelos Sätze, und jeder Satz wies eine Erinnerung ab, die mich beschweren wollte. Bei den Mocobí gibt es einen Brauch, einem Freund aus Neigung oder Verehrung den Namen abzukaufen. Der Gegenwert ist groß, ein Pferd oder eine Decke. Der Namenlose muß sich folglich einen neuen Namen suchen, weil es verpönt ist, den alten heimlich zu behalten. Die Namen flogen mir im Gehen nur so zu, wie im Rausch. Auf keinen Fall, das wurde mir immer deutlicher, würde ich noch einmal das falsche Haus betreten, also nahm ich den Schlüsselbund aus der Hosentasche und warf ihn in hohem Bogen in einen herrlich duftenden Strauch Jasmin und ging erleichtert mit weit ausholenden Schritten meinem Unglück entgegen.